FOLIO POLICIER

Didier Daeninckx

Je tue il...

*Postfaces de Didier Daeninckx
et Jean-Bernard Pouy*

Gallimard

Didier Daeninckx est né en 1949 à Saint-Denis. De 1966 à 1982, il travaille comme imprimeur dans diverses entreprises, puis comme animateur culturel avant de devenir journaliste dans plusieurs publications municipales et départementales. En 1983, il publie *Meurtres pour mémoire*, première enquête de l'inspecteur Cadin. De nombreux romans noirs suivent, parmi lesquels *La mort n'oublie personne, Lumière noire, Mort au premier tour*. Écrivain engagé, Didier Daeninckx est l'auteur de plus d'une quarantaine de romans et recueils de nouvelles.

CHAPITRE 1

Une Stud bleu clair

« Il », c'est toujours ainsi que mes parents l'ont appelé, de son vivant. Pas une fois, je ne les ai entendus prononcer les deux syllabes de son prénom, René, et encore moins celles de son nom, Trager. Mon père n'en manquait pas une, à propos d'Il, d'autant qu'ils avaient le même âge. Une semaine avant la mort de René, ce dont personne ne pouvait se douter, il s'en était pris à moi.

— Tu ne penses pas qu'Il aurait pu faire un effort et se raser pour l'anniversaire de ta mère ? Je sais bien qu'Il travaille toute la nuit, et quand je dis « travaille », je suis gentil... Enfin, Il se muscle au moins les yeux à passer sa vie sur les bouquins. Je ne sais vraiment pas ce que tu lui trouves, Viviane. Moi, tu veux que je te dise : Il me sort par les trous de nez !

« Il » par-ci, « Il » par-là. Au début, je faisais front, je vantais sa gentillesse, sa patience, le courage qu'il avait eu d'abandonner une vie faite de mondanités et d'honneurs pour se réfugier dans un village de brousse perdu à deux heures de piste de Nouméa. Un « Il » au milieu d'une île. Un jour, je leur avais même lu, en son absence, les premiers vers du brouillon d'un poème trouvé sur sa table de nuit, et qui m'était dédié :

> *Je veux être pour toi*
> *Un orage boréal*
> *Ce que nul n'a été*
> *Un palais de regards*
> *Une galerie des glaces*
> *Je veux être pour toi*
> *Pour qu'enfin je sois moi*
> *Le miroir dans lequel tu te vois.*

Mon père en avait détruit tout le charme, au moyen d'une de ces répliques dont il a le secret.

— Je ne voudrais pas être méchant, mais j'ai l'impression qu'il est sacrément piqué, ton miroir... Et à propos de « galerie », je n'en vois qu'une : celle que tu amuses !

Je n'étais pas parvenue à réprimer mes sanglots. Les larmes avaient roulé le long de mes joues puis éclaté sur le papier, délayant l'encre bleue des mots que j'avais inspirés. J'étais allée me réfugier dans la forêt de banians, au cœur du labyrinthe des racines aériennes, là où je venais apaiser mes colères d'enfant. Ma mère m'y avait rejointe. Je l'avais laissée me consoler, du moins le croyait-elle, alors que chacune de ses phrases, en multipliant les « il », piquait comme une aiguille.

— Tu connais ton père... Il a toujours été comme ça, ce n'est pas méchant. Il plaisante à propos de tout. Et là, c'est rien. Si je te racontais l'enterrement de tante Amélie, tout le monde était plié de rire derrière le corbillard, à cause de lui, plus un fou rire devant le trou béant... On n'a pas revu la famille pendant un an. Allez, mouche-toi... Il faut regarder les choses en face, ma petite fille. Je ne suis pas à cheval sur les principes, mais ça ne se fait pas de venir chez les gens sans s'être donné la peine de se laver et de se passer un coup de peigne. J'avais honte de voir la manière dont les Barentain le regardaient. Surtout elle qui va chaque semaine se faire épiler à Mont Coffyn ! Il nous fait porter la honte. En plus, Il n'arrête pas de nous snober avec ses souvenirs de cocktails parisiens... Je voudrais bien savoir s'Il aurait eu autant de succès, dans les salons littéraires, avec cette tenue débraillée...

Mes larmes ravalées, je l'avais embrassée à la sauvette en lui disant « bon anniversaire », et j'avais filé jusqu'à la vieille Studebaker décapotable garée sous les pins colonnaires. Aujourd'hui encore, je reviens de chez eux, et il a été question de « Il », non au passé simple mais à l'imparfait. C'est le temps qu'ils lui ont choisi, définitivement, et que j'ai fini par adopter. Je ne m'habitue pas aux habits de deuil et au voile noir qu'on doit mettre autour des souvenirs. Les images d'un bonheur entre parenthèses affluent tandis que je longe la plage, les cheveux dans le vent, avec dans mon sillage les notes du *Hootie Blues* de Charlie Parker qui naissent de l'autoradio. Trois ans, que cela passe vite trois ans. C'est là pourtant, à portée de main, à portée de mots, son souffle dans mon cou, mes ongles griffant son dos. Quand j'ai rencontré René, le jour d'avant notre première nuit, une dizaine de soldats américains se débarrassaient de leurs uniformes blancs de la Navy là, sur le sable, pour aller nager jusqu'à un îlot nacré où se prélassaient les filles du *Noumean Ballroom*, une boîte où René m'avait emmenée dès que le soleil s'était couché. Toute la journée, des cargos prenaient leur envol au-dessus de la Tontouta, alourdis par le matériel que les Américains rapatriaient alors vers leur continent après la victoire sur le Japon un an plus tôt. On regrettait leur départ et le démantèlement des bases, mais en vérité tout le monde s'y retrouvait. Ce qui ne valait pas la peine d'être embarqué dans les soutes s'amoncelait sous des tentes kaki au bord des routes. On s'équipait pour presque rien de tracteurs, de frigos, de sèche-cheveux, de grille-pain, de postes de radio ou de mixers. Moi, je m'étais laissé tenter par une Stud bleu ciel avec une capote amovible et dont les ailerons faisaient pâlir de jalousie les requins de l'anse de Bouloupari. Je marchandais le prix, au moyen de mes trois mots d'anglais, avec un sergent noir originaire de Tallahassee, une ville de Floride dont une vue ornait le tableau de bord, essayant de convertir en dollars mes francs « Pacifique », quand un homme vêtu d'un costume de flanelle, de souliers vernis et d'une casquette de toile s'était mêlé à notre conversation. Le temps de prononcer trois phrases dans la langue du propriétaire de la Studebaker, le prix avait chuté d'un tiers.

— Si vous la voulez vraiment, elle est à vous. Je suis plutôt amateur de marques françaises, mais je dois avouer que c'est une excellente affaire.

J'avais compté les billets sur le capot brûlant puis les avais tendus au G.I. qui avait versé le contenu d'un jerrican dans le réservoir avant de me remettre les papiers et les clefs du bolide. Je m'étais installée au volant et m'apprêtais à partir quand mon regard avait croisé celui du négociateur inconnu. Le cœur battant, j'avais joué la femme sûre d'elle bien que je sentisse alors le rouge s'emparer de mes joues.

— Si vous n'avez pas peur de monter à côté de moi, je vous dépose... Je vous dois bien ça...

Il avait ôté sa casquette, s'était incliné sans me quitter des yeux.

— C'est très aimable à vous. Mon nom est René Trager, homme de lettres. Je suis arrivé d'Europe il y a moins d'une semaine par le *Ville de Strasbourg*. Je loge provisoirement à l'hôtel du Niaouli d'Or, au carrefour de la transversale de Thio. C'est à une vingtaine de kilomètres. Je vous montrerai le chemin.

Puis il avait allumé une cigarette au parfum âcre, j'ai su plus tard que c'était des Celtique, et m'avait dévisagée tandis que je m'engageais sur la route territoriale numéro 1, entre deux camions militaires. Au loin, les silhouettes acier d'un croiseur et d'un destroyer se découpaient sur l'horizon où le ciel se noie dans la mer de Corail.

— Si ce n'est pas indiscret, vous faites quoi dans la vie, quand vous n'achetez pas de cabriolet ?

— Mes parents ont une plantation de caféiers au bord de la Ouenghi. Ça fait près de trois quarts de siècle que la famille s'est installée en Nouvelle-Calédonie. On est des Caldoches pur jus. Je m'occupe de toute la paperasserie.

J'avais lâché le volant pour lui tendre ma main droite, vivement.

14

— Moi, c'est Viviane... Ça veut dire quoi, « homme de lettres » ? Vous travaillez à la Poste ?

Il avait eu la gentillesse de rire à ma pauvre plaisanterie.

— Je vois que ma renommée n'est pas parvenue jusqu'ici... Je trie les mots, pas les enveloppes, même si on pourrait considérer que les mots sont les enveloppes des sentiments...

C'est à ce moment que j'avais vu les « marines » se défaire de leur tenue blanche pour rejoindre les danseuses qui se prélassaient sur l'îlot.

— J'aime bien me baigner aussi, au milieu des poissons, mais je préfère l'eau fraîche des creeks. Vous écrivez quoi au juste ? Des livres, de la poésie...

— Ce sont les lecteurs et les critiques qui posent la question dans ces termes. Quand on écrit, le genre importe peu, la poésie est dans le roman et inversement... Disons que j'avais un faible pour la versification et le théâtre, bien que mes plus grands succès me viennent de la fiction romanesque.

Je l'écoutais, émerveillée, habituée à n'entendre parler que de récolte, de rendement à l'hectare, de désherbant, de maladies des baies. Ma seule poésie, dans la vie ordinaire, émanait des noms de parasites comme le *Colletotrichum kahawae* ou l'*Hemileia vastatrix*, de leurs traitements au phénol ou au nitrate reductas... Avec le miracle simple d'une rencontre, un autre monde faisait irruption dans le mien, m'apportant par la voix de René le bouillonnement des salons de bord de Seine. À un moment, il se souleva sur son siège en regardant vers la mer.

— Si vous prenez cette petite route, à droite, j'ai repéré une paillote à l'ombre des cocotiers... On pourrait faire une halte pour se désaltérer... C'est tenu par des Noirs. Ils grillent aussi du poisson.

— À cette époque, il faut se méfier : ils avalent des débris de coraux, et on risque d'attraper la gratte, ça vous met à plat pendant des mois.

— Vous l'avez déjà eue ?

J'ai senti des picotements naître dans mon dos.

— Non, mais il suffit qu'on en parle pour que je croie l'avoir...

Il a éclaté de rire. J'ai mis le clignotant pour aller me garer devant la plage de Bouraké. Avant de connaître René, je ne fréquentais aucun de ces endroits. En dehors de notre Noël de plein été et de notre 14 Juillet du cœur de l'hiver, les seules fêtes qui rythmaient l'année, aux antipodes, étaient celles du cerf, de la crevette et de l'écrevisse. Les trois tables, sous les parasols végétaux, étaient occupées par des soldats noirs en conversation avec de jeunes femmes canaques. Nous avons attendu devant le bar qu'une place se libère pour transporter nos verres, un jus de mangue pour moi, un whisky à l'agréable parfum fumé pour René. Je l'observais à la dérobée tandis qu'il buvait. Je ne voyais pas la différence d'âge qu'on m'a cent fois reprochée par la suite, ni la moue qui, selon mon père, marquait son visage d'amertume. N'existaient que le bleu pâle de ses yeux, la transparence de sa peau, l'ourlé sensuel de ses lèvres, la finesse de ses mains, la douceur de sa voix. Un pêcheur est venu échouer son bateau sur le sable et il s'est dirigé vers le patron de la paillote, un Canaque lui aussi, en tenant devant lui des poissons-perroquets, des becs-de-canne, des labres, au moyen d'un fil de fer passé entre les ouïes.

— Dites-moi, monsieur Trager, vous êtes venu en Calédonie pour les vacances ou pour votre travail ?

— Ni l'un ni l'autre, chère Viviane. Faites-moi plaisir, appelez-moi René... Je compte m'installer ici en espérant y passer le temps que le Créateur jugera bon de m'accorder encore. Je ne demande pas grand-chose. Il a déjà été tellement généreux avec moi, que j'ai souvent l'impression d'avoir vécu pour deux. On réalise pour mon compte quelques biens en France, l'héritage de mes parents pour tout dire. Dès que ces affaires seront réglées, je me mettrai à la recherche d'une maison dans la région. Si je ne trouve rien à mon goût, je ferai construire.

Une ombre est passée sur son front, celle d'une femme de toute évidence, quand j'ai maladroitement insisté pour savoir pourquoi il avait rompu avec l'Europe. René a éludé la question, s'est levé pour demander qu'on nous cuise des filets de bonefish sur le barbecue. J'ai regardé ses doigts sans déceler de trace d'alliance. Ici, l'obscurité ne s'annonce pas, elle envahit le monde d'un seul coup, comme si le soleil venait d'être englouti par les flots. Il a allumé une bougie pour notre premier repas, et j'ai bu du vin d'Australie. C'est lui qui a conduit la Studebaker quand nous sommes sortis de table, et au lieu de prendre la route de Bouloupari, il est retourné vers Nouméa.

— René, vous vous trompez... Votre hôtel, le Niaouli d'Or, c'est de l'autre côté...

Il roulait vite, avec une totale maîtrise de la mécanique. Moins d'un quart d'heure plus tard, nous longions les grillages de la base américaine de l'anse Vata. Deux projecteurs éclairaient l'enseigne en forme d'arc-en-ciel du *Noumean Ballroom* devant lequel se pressaient des dizaines de matelots. Le tempo rapide de *A Dizzy Atmosphere* s'échappait par toutes les ouvertures de la boîte. René s'est frayé un chemin dans

18

la masse compacte des corps en sueur, jusqu'au centre de la piste de danse, où je me suis réfugiée dans ses bras. Au petit matin, sur la route du retour, il m'a longuement embrassée, et je ne sais comment le siège de la Stud a basculé.

Un mois après, en novembre 1946, nous étions mari et femme. Deux ans plus tard, je roule toujours dans la même voiture et je suis la plus curieuse des veuves calédoniennes puisqu'en l'espace de quinze jours j'ai perdu mon époux par deux fois.

CHAPITRE 2

Un Marcel Proust canaque

Je dois avouer que je n'ai jamais été une grande lectrice. Un ou deux romans par an, surtout au moment des coups de vent, des typhons de février, quand il faut clouer des planches au travers des volets et rester claquemuré, sans la présence rassurante de la radio, en espérant que le malheur s'abatte un peu plus à droite, un peu plus à gauche... Le problème, c'est que je dois lire chaque chapitre d'une seule traite. À la moindre interruption, tout se mélange, les noms, les couleurs, les situations, les sentiments, et je suis bonne pour le reprendre du début. Le plus difficile, c'était de se procurer des livres : mon père était abonné à *Rustica*, pour se tenir au courant de tout ce qui s'inventait en métropole dans la lutte contre les multiples parasites du caféier. Ma mère recevait *Modes et Travaux*, dont elle dépliait rituellement les « patrons », ces morceaux de papier de soie à la taille d'une pièce de vêtement, avant de les poser sur le tissu

« à la mode de Paris » rapporté du marché de Nouméa. Puis elle en reportait la forme à l'aide d'une pierre bleutée, friable comme du savon, dont je volais des éclats pour tracer des marelles. Mon frère Gilbert, qu'on appelle toujours Gilou bien qu'il dirige une compagnie de gardes mobiles dans le nord de la France, n'était jamais arrivé à lire deux pages d'affilée. Il s'en défendait en disant au bon père qui nous faisait la classe :

— J'essaye, je fais des efforts... Je lis toutes les lignes d'un côté, mais quand je retourne la feuille, j'ai l'impression qu'elles ont repoussé !

Gilou est revenu tous les deux ans à la plantation, en groupant des vacances et des récupérations, mais il ne nous a rendu visite qu'une fois, la première et la dernière. Il regardait « l'écrivain parisien » comme une bête curieuse, et René est définitivement passé à ses yeux dans la catégorie des « il ».

Pour le mariage, nous avons traversé les montagnes jusqu'à Thio, sur l'autre versant de l'île. Mon père voulait absolument que ce soit son frère qui nous unisse. Il administrait cette petite ville minière depuis des lustres, et habitait une curieuse maison en bois élevée sur pilotis au bord de la mangrove. Une dizaine de jeunes filles canaques, qu'il faisait venir d'une même tribu de Canala dont le chef lui était redevable, le servaient en silence. Dans les rues, on ne voyait pratiquement que les mineurs vietnamiens recouverts de la tête aux pieds de cette terre jaune qui se confondait avec la couleur de leur peau, et d'où l'on extrait le nickel. C'est à la sortie de l'église de Thio que s'est produit le premier incident, après que le père Vigouroux eut procédé à la bénédiction nuptiale. René m'entraînait vers la Studebaker pour que nous arrivions avant tous nos invités sur les lieux du bounia royal qui cuisait entre pierres et terre au bord des eaux claires de la Thio. J'en avais supervisé la confection toute la soirée précédente, lui apportant autant de soins qu'à ma robe de mariée, choisissant les feuilles de bananiers dans lesquelles seraient enveloppés les crabes, les langoustes, les crevettes, les ignames, les taros, le tout abondamment noyé dans le lait de coco et parsemé d'épices... Très tôt le matin, le jardinier de mon oncle avait creusé de larges trous dans la terre sèche, y avait déposé de gros cailloux avant d'entasser le bois mort des niaoulis, des eucalyptus, et d'y mettre le feu. Là, au cœur des cendres devenues aussi grises que la terre et que les pierres chauffées, mijotait le repas de noces qui occupait mes pensées alors que les grains de riz lancés par les enfants ruisselaient sur nos cheveux. C'est au moment précis où René se penchait pour ouvrir la portière de la décapotable qu'un inconnu s'est avancé, un livre et un crayon à la main. Il était assez petit, habillé d'un costume jaunâtre dont les coutures souffraient sous l'abondance des chairs, un canotier incliné vers l'arrière laissait deviner une calvitie presque totale. Il s'est donc mis à trottiner pour se porter à notre hauteur et a tendu l'ouvrage à René en glapissant.

— Monsieur Trager... Monsieur Trager... Je vous souhaite mes meilleurs vœux de bonheur... C'est un honneur pour la Calédonie que vous soyez parmi nous... Vous pouvez me signer ce livre...

Sans avoir rien demandé, René s'est retrouvé avec le volume dans les mains, et j'ai pu en lire le titre avant qu'il le retourne : *L'Enfant d'Icare* paru sous la couverture crème des éditions Gallimard. Au verso figurait le résumé du roman, surmonté d'une photo prise vraisemblablement quinze ou vingt années plus tôt. Je m'accrochai à son bras et me hissai sur la pointe des pieds pour la voir plus nettement. Ses cheveux n'avaient pas encore blanchi, et il portait une très fine moustache, mais le regard avait la même intensité que lors de notre rencontre près de la base américaine de l'anse Vata.

— Tu te prenais pour Errol Flynn à cette époque, on dirait ! Tu as l'air tout triste. Je te préfère maintenant rasé de près et souriant...

24

C'est la première fois que je vois un livre de toi...

Il a surmonté l'énervement provoqué par l'irruption de son admirateur, s'est emparé du stylo et a levé la tête vers lui.

— Votre nom ?

L'autre a avancé le nez, comme une poule, pour balbutier :

— Oh merci, monsieur Trager. Si vous saviez comme je vous envie... J'ai tout lu de vous... Les romans, les poèmes, les articles, jusqu'au petit manuel de pêche en rivière que vous avez préfacé...

— D'accord, je vous en remercie, mais je vous ai demandé votre nom... Au cas où cela vous aurait échappé, je suis en train de me marier et j'ai quelques obligations...

Pour toute réponse, il avait tendu sa carte.

— Mon nom est un peu compliqué, il vaut mieux le recopier... Si vous venez à Nouméa, je serai heureux de vous accueillir et vous montrer mes trésors.

René posa le livre sur le renflement du coffre de la Stud, le petit rectangle de carton coincé dans la tranche des pages. Il humidifia la pointe du crayon entre ses lèvres avant d'écrire : « *à monsieur Edmond Silbertraube en amical souvenir d'un jour singulier* ». Après la mention de la date, 18 novembre 1946, il coucha une signature identique à celle qui, depuis quelques minutes, figurait sur le registre de la mairie de Thio. Nous étions montés dans la voiture, dès que le petit bonhomme rondouillard, dont l'adresse était celle de la bibliothèque Bernheim, avait tourné les talons pour se fondre dans la foule. J'avais posé ma tête contre son épaule, alors que nous longions les barbelés de l'exploitation qu'ici on n'appelait que « Le Nickel ».

— J'ai peur qu'un jour tu me méprises parce que je n'ai pas fait d'études... Je sais que pour toi toute cette vie est de l'ordre du passé, que tu ne veux plus en entendre parler, mais je n'y peux rien, ça me manque de ne presque rien savoir de *L'Enfant d'Icare*, des *Mutins du Terre-Neuvas*, de *La Fille de Jade*, du *Quartier défendu*, des *Poèmes à l'Inconnu*, et même de ce manuel de pêche dont ce monsieur te parlait... Je veux tout lire de toi, René.

Il s'était penché pour m'embrasser le front.

— Notre histoire et la vie commencent aujourd'hui, Viviane. Tout ce qu'il y a eu avant n'existe pas, n'a jamais existé. Je te promets de te donner à lire la moindre des lignes que j'écrirai à compter de cet instant. Personne d'autre n'aura ce privilège. Jusqu'à la fin des temps, tu seras ma seule lectrice...

Pendant tout l'après-midi, tandis que l'on déterrait, l'un après l'autre, les bounias royaux, la jeunesse du pays s'affrontait sur le bassin de retenue et l'on pariait, dans la noce, sur les vainqueurs des régates. Plus haut, à la frontière où l'eau douce fait barrage à la vague des marées, les plus intrépides des adolescents canaques grimpaient au sommet d'un cocotier pour se laisser tomber dans un trou d'eau, et leurs rires éclataient en cascade au milieu des gerbes liquides.

À la tombée de la nuit, un sorcier originaire de Malakula, une des îles voisines des Nouvelles-Hébrides, est venu offrir le kava aux seuls hommes, un rituel pour que ne soit pas rompu le lien avec les ancêtres. Il ne parlait que le *bichlamar*, un curieux dialecte composé d'anglais, de français, d'espagnol et de mélanésien. René a observé avec méfiance le liquide d'une épaisseur blanchâtre que le vieil homme faisait couler dans une coupelle de bois aux parois ciselées. Il a murmuré.

— Qu'est-ce que c'est ?

J'ai placé ma main en cône, près de son oreille.

— C'est une boisson faite à partir des racines d'un poivrier. Traditionnellement, c'était les jeunes qui la mâchaient avant de la mélanger avec de l'eau.

— C'est dégueulasse !

J'ai éclaté de rire en l'entendant utiliser un mot qui n'était pas de son registre habituel.

— Ne t'inquiète pas. Maintenant, ils se contentent de la réduire en morceaux avec un grattoir de corail. Je n'en ai jamais bu, mais, d'après la légende, elle transmet la puissance des anciens aux hommes qui les respectent. Il faut que tu vides le bol, sinon il est capable de nous jeter un sort...

René a pris la coupelle que lui tendait le sorcier, l'a portée à ses lèvres et a englouti le liquide dans une affreuse grimace.

— Alors ?

— Pouah ! Je n'ai jamais rien avalé d'aussi amer ! Si après ça les aïeux ne sont pas reconnaissants, c'est à ne plus rien y comprendre. D'autant que personne n'est au courant ici, mais je suis un peu canaque... Pourquoi tu fais ces yeux-là, tu ne me crois pas ?

Sur le moment, j'ai été fortement ébranlée. Je me suis mise à bégayer.

— Tu as... Tu as des ancêtres chez ces sauvages ! C'est pour cette raison que tu es venu t'installer en Calédonie ?

— J'ai la tête qui tourne comme si j'avais bu des litres de champagne... C'est vraiment fort, leur potion magique... C'est elle qui me fait dire n'importe quoi...

Tous les invités s'étaient approchés des berges de la Thio pour la mise à feu d'une pirogue que le courant de la marée descendante emporterait vers le large. J'ai secoué le bras de René.

— Non, ce n'est pas le kava qui est en cause...
Au contraire, une de ses vertus, c'est d'obliger
la langue à contredire l'esprit pour que la vérité
trouve enfin son chemin. C'est quoi cette histoire d'ancêtres canaques ? Je veux savoir !

Il s'est servi un grand verre de lait de noix de
coco.

— J'étais sûr que tu aurais cette réaction. Tu
n'as pas besoin de kava pour que la vérité sorte
de ta bouche. Tu insistes depuis une semaine
pour que l'on garde ces deux employés dans
notre maison, surtout ta nounou, mais tu es
effrayée à la seule idée que je puisse avoir du
sang noir dans mes veines...

J'ai senti les larmes me monter aux yeux.

— Païta m'a élevée quand j'étais toute petite...
Elle fait partie de ma vie... Tu ne peux pas dire
une chose pareille... On ne vit pas de la même
manière, il y a eu des guerres, des massacres.
C'est une France que tu ne pourras comprendre
que petit à petit...

René s'est levé pour faire quelques pas. Il s'est
adossé au tronc d'un banian et je suis venue me
plaquer contre son corps, impatiente de ne plus
faire qu'un avec lui.

— C'est une vieille histoire... Tu as déjà
entendu parler du poète José Maria de Heredia ?

— Bien sûr ! Le père qui nous faisait la classe

nous a fait apprendre une de ses récitations. Je me souviens encore des derniers vers. Elle s'appelle *Soleil couchant* :

L'horizon tout entier s'enveloppe dans l'ombre
Et le soleil mourant, sur un ciel riche et sombre
Ferme les branches d'or de son rouge éventail.

— Bravo, quelle mémoire ! Ce doit être dans *Les Trophées*... Je l'ai rencontré à la fin de sa vie alors que je n'avais pas encore publié la moindre ligne. Sa fille, Marie, était souvent à ses côtés. Je te rassure, à l'époque elle devait avoir largement dépassé la quarantaine... Pour se moquer de l'Académie française, elle avait créé une confrérie parallèle. Les membres en étaient choisis après un passage devant un jury de célébrités refusées par les hommes en vert du Quai Conti. Pour être admis, il suffisait de réussir une grimace digne de ce nom. Tiens, regarde...

En l'espace d'une seconde, ses lèvres se sont monstrueusement retroussées tandis que l'extrémité de son nez se courbait jusqu'à toucher ses dents ; ses yeux, révulsés, semblaient prêts à s'éjecter des orbites. Tout le reste n'était que rides et crevasses.

J'ai détourné le regard.

— Arrête, je t'en supplie !

Ses traits se sont apaisés.

— La douce Marie de Heredia avait baptisé son cénacle l'Académie canaque, et j'en fus pendant dix ans un membre actif aux côtés de mes amis les poètes Paul Valéry, Henri de Régnier, Pierre Louÿs, du compositeur Claude Debussy. Le plus brillant d'entre nous, Marcel Proust, occupait le fauteuil de secrétaire perpétuel. Voilà, ma chère petite femme, en quoi je suis canaque !

CHAPITRE 3

Les héritiers de Camp Brun

La ferme de mes parents aurait été bien assez vaste pour nous accueillir, le temps de faire construire une maison à notre goût, mais les relations détestables qui s'étaient d'emblée établies entre mon père et mon mari, et qui vouaient à l'échec toute tentative de cohabitation, nous obligèrent à acquérir l'une des seules propriétés disponibles dans la région. Ma présence étant absolument nécessaire à la bonne marche de l'exploitation, il m'était impossible de m'éloigner des alignements de plants de café. Nous avions donc acheté une sorte de longère qu'un ancien directeur du bagne de La Foa, d'origine basque, avait édifiée à la fin du XIXe siècle en faisant venir du bois de chêne depuis la métropole. À l'échelle de la Nouvelle-Calédonie, avait dit René en la découvrant, c'est un véritable monument historique. Nous disposions d'une dizaine d'hectares de terrain et de quelques dépendances alors que, à l'origine, le domaine s'étendait sur une superficie dix fois plus grande. On racontait que le propriétaire, après trente années d'une vie de garde-chiourme exemplaire, avait tenu à se présenter à Dieu en lestant ses bagages d'un peu de charité. Sur le tard, il avait morcelé son patrimoine pour offrir des concessions aux plus méritants des forçats libérés. On avait cultivé tout un temps la canne, ce dont témoignaient encore les ruines d'une petite usine, sur une piste qui rejoignait la route de Bouloupari, et où l'on tirait le sucre des tiges et l'alcool de tafia des mélasses. Ce poids de la pénitentiaire, sur l'histoire du pays, passionnait René. Il se passait rarement un jour sans qu'il trouve un prétexte pour aborder le sujet. Il avait débuté une collection d'objets du bagne qu'il dénichait sans grandes difficultés au hasard de nos promenades en voiture tout autour d'un des pires enclos pour criminels de la Grande-Terre : le Camp Brun. Là, pendant trois quarts de siècle, la France avait déversé par bateaux entiers tout ce que la société avait produit de plus détestable, de plus effrayant en matière d'humanité. Assassins aux forfaits multiples, violeurs, parents incestueux, avorteurs, tortionnaires civils, tous constituaient la classe 5, celle des incorrigibles, dont le seul avenir était la mort lente des travaux forcés ou l'éclair tranchant, au petit matin, de la guillotine. René possédait par exemple un mor-

34

ceau de bois en forme de demi-lune qu'il disait provenir de la terrible machine, un martinet aux lanières plombées, des gamelles en fer repoussé, des carnets de relégation, des chapeaux tressés, à large bord, une double chaîne, et toutes sortes de couteaux clandestins. Pour lui, l'immense majorité de ceux qui peuplaient la côte ouest ne pouvait être que des descendants de cette basse engeance.

— Une des raisons profondes pour lesquelles ton père ne me supporte pas, c'est qu'il se sent en danger avec la présence d'un « étranger » dans sa famille...

— Qu'est-ce que tu vas chercher ?

À ce moment, le principal sujet de dispute portait sur le fait que, en France, le notaire rencontrait d'apparentes difficultés à se défaire des biens dont René avait hérité, et les nouvelles ne nous parvenaient qu'au rythme lent, exaspérant, des entrées des bateaux dans le port de Nouméa. J'avais tranché le problème, au grand dam de mes parents, en achetant la longère basque au nom de notre couple, avec la promesse que René verserait sa part dès que la vente serait réalisée. J'étais sortie dans le jardin cueillir des fleurs de frangipanier, et il m'avait suivie, toujours occupé par sa marotte.

— C'est pourtant l'évidence même, Viviane ! Il aurait voulu que tu épouses le fils Chataulin, comme ça l'équilibre de la terreur était respecté, personne n'aurait eu intérêt à aborder la seule question qui vaille : celle des origines... Le jour de notre mariage, rappelle-toi combien tu as eu peur que je sois un peu canaque... Vous êtes tout autant effrayés à l'idée d'être les petits-enfants d'un Troppmann, d'un Landru, d'un Weidmann ou d'un docteur Petiot... Est-ce que tu as eu la curiosité, un jour, de faire ton arbre généalogique ?

J'avais écrasé une cyme au parfum vanillé entre mes paumes.

— Je ne veux pas vivre dans le passé, René... C'est un pays neuf dans lequel on peut avoir l'impression que tout commence avec nous. Je ne t'ai jamais posé de questions sur ta famille, sur tes ancêtres. Peu m'importe qui ils étaient, nobles ou roturiers. Je les remercie simplement de t'avoir donné le jour et de m'avoir permis de te rencontrer. Je n'ai pas honte de ceux qui m'ont précédée, contrairement à ce que tu sembles croire. Félicien, mon grand-père, du côté maternel, vivait encore quand j'étais toute petite. Je me souviens que lorsqu'il parlait de son métier de gardien au Camp Brun, Païta me prenait dans ses bras et allait me coucher. Tu vois...

— Et du côté de ton père, des Emouroux, c'étaient aussi des employés de l'administration pénitentiaire ou ils faisaient partie du bétail ?

Je suis allée m'enfermer dans la salle de bains.

— Je m'en fiche... Tu n'as qu'à lui demander, ça devrait améliorer vos relations !

Quand j'en suis ressortie, une heure plus tard, René descendait de l'ancien colombier qui flanquait notre maison, sur la gauche, et qu'il avait fait transformer en bureau de travail. Il en gardait jalousement la clef, interdisant à Païta d'y faire le ménage, corvée dont il s'acquittait lui-même une fois par semaine. Il avait passé un pantalon blanc tenu par de larges bretelles vertes qui tranchaient sur sa chemise jaune paille, et avait chaussé ses claquettes en cuir dont le bruit, proche du clappement, sur le sol parqueté me réveillait tôt le matin. D'un geste théâtral, il m'avait tendu deux feuilles de papier recouvertes de son écriture énervée, celle qui s'imposait à lui après nos disputes, avec ses lettres soufflées par l'orage, couchées sur la ligne comme si elles tentaient de s'y dissimuler. La calligraphie du matin était plus apaisée, les mots dressaient la tête, fiers de ce qu'ils signifiaient et de l'ordre dans lequel ils étaient disposés.

— Tiens, Viviane, c'est pour toi ma chérie...

Il était sorti aussitôt, une pudeur d'écrivain l'empêchant de demeurer dans la même pièce qu'une personne plongée dans l'un de ses manuscrits. Je n'avais jamais lu plus beau repentir :

« *Mon fils, si ton amour se dresse contre toi, ne fais pas le bravache ; cède et tu apprendras bientôt que c'est en cédant que l'on sort grandi de la querelle. Fais selon ses désirs, conforme ton esprit au rôle qu'on attend de toi. Elle condamne, condamne aussi, elle applaudit ? Joins tes vivats aux siens, elle rit en cascade, gonfle le flot, elle éclate en sanglots, inonde tes yeux. Fais ton visage à sa ressemblance. Si elle joue aux cartes, promets-moi d'ovationner ses réussites et de tricher pour provoquer l'échec de tes tentatives, elle veut se peigner ? tends-lui le miroir. Abandonne tout orgueil sauf celui d'être vaincu par celle que tu as choisie.* »

Il était rentré à la nuit, un sac de toile à la main, dans lequel trois ou quatre crabes se sentaient à l'étroit.

— J'ai rencontré le fils Kaddour, et je suis parti avec lui pêcher ces bestioles dans les arroyos de la rivière. Tu peux demander à Païta de mettre de l'eau à chauffer ?

Je l'avais regardé en disant, amusée de son air ahuri :

— Arthur est revenu...

— Qui c'est, cet Arthur ? C'est moi que tu appelles comme ça ?

— Non, je ne me permettrais pas ! Un souvenir qui remonte d'un coup à la surface... Quand j'étais toute gamine, mon père me laissait jouer avec les crabes qu'il ramenait de la mangrove. Je les appelais Arthur, je les promenais au bout d'une ficelle, et je ne faisais pas la relation entre leur soudaine disparition et ce que j'avais dans mon assiette, le midi. Après le dessert, je pleurais en cherchant mon crabe, et la semaine suivante, quand il en rapportait un autre, il se contentait de me dire « Arthur est revenu »... Voilà l'explication. C'est une de mes pauvres histoires sans importance... Elles n'arrivent pas à la cheville des tiennes... Ton texte est très beau, René. J'en ai presque pleuré...

On avait débouché une bouteille de vin d'Alsace, un riesling récolté sur les coteaux de Kaysersberg avec un château de légende, dans le lointain, que montrait l'étiquette. C'est en brisant les carapaces à l'aide d'un casse-noix, un peu plus tard alors qu'une pluie d'orage crépitait sur le toit, qu'il s'était confié pour la première fois. L'électricité faiblissait à chaque grondement du tonnerre avant de remonter en puissance, dessinant sur nos traits des ombres mouvantes.

— Je voulais te dire depuis très longtemps que je ne suis pas parti d'Europe à cause d'une femme. Il aurait fallu pour cela que j'aie autant d'amour pour elle que j'en ai pour toi. J'ai cru dix fois, vingt fois que ce moment était arrivé avec autant de déceptions à la clef. C'est pour masquer cet échec que je me suis lancé à corps perdu dans l'écriture. La poésie, d'abord, qui est la seule à exprimer notre quête d'absolu, puis le théâtre où se lit au plus juste le mouvement des idées. Le roman enfin, qui permet d'exister dans le cœur du plus grand nombre. En une trentaine d'années, j'ai noirci des milliers de pages et c'est par centaines, une véritable armée, que des comédiens ont fait résonner mes répliques sur les planches des salles de spectacle parisiennes ou entre les murs des studios de la radio. J'étais de toutes les réceptions, de tous les cocktails, d'une multitude de jurys, les ministres m'invitaient à leur table, les vedettes d'Amérique tenaient à me saluer lors de leur passage à Paris. On m'a même bandé les yeux, un jour, pour tirer le gros lot de la loterie nationale. Je passais mes soirées dans la lumière des projecteurs, mes nuits près d'une lampe pour livrer une chronique à un journal, je dormais le jour. Le pire, c'est que l'on s'habitue à ne plus avoir la maîtrise de son existence, à adapter le rythme de sa vie aux désirs des autres.

J'ai prélevé un bloc de corail, du bout de ma fourchette. Je l'ai recouvert d'une fine pellicule de mayonnaise safranée.

— Personne ne t'y obligeait...

— Tu as raison, personne en effet, si ce n'est moi. Dès la fin de matinée, j'étais entouré d'une sorte de brouillard composé des millions de bulles de champagne que j'ingurgitais. C'est elles qui me transportaient d'un lieu à l'autre comme le tapis volant des contes orientaux. Je rencontrais les gens les plus extraordinaires de la planète, depuis Lindbergh après sa folle odyssée au-dessus de l'Atlantique jusqu'à Alexander Fleming, le découvreur de l'aspirine, en passant par Maurice Chevalier et Sacha Guitry...

— Fleming, c'est la pénicilline, pas l'aspirine...

— Je voulais savoir si tu suivais !

En vérité, je ne faisais que les croiser et la seule pause que nous observions ensemble était commandée par les photographes des magazines. Cela aurait pu continuer jusqu'à la fin, et un collègue à peine plus jeune que moi aurait prononcé mon éloge posthume depuis la tribune de l'Académie française où mes amis n'auraient pas manqué de m'élire puisque mon nom circulait à chaque disparition...

Un éclair, plus puissant que les précédents, s'est fiché près de l'auvent où nous garions la Studebaker, illuminant de bleu électrique tout le jardin. Une goutte d'eau tombait sur le sol, avec régularité, depuis une minuscule fuite du toit de la verrière sous laquelle nous nous trouvions. Je ne m'étais pas levée pour poser un récipient à la place de l'impact, afin de ne pas briser le fil de son récit, et les flocs minuscules des explosions ponctuaient maintenant ses phrases comme autant de points liquides.

— Cela peut paraître incroyable, mais je ne me souviens pas avoir pris la décision de tout arrêter, de briser ce cercle vicieux. Je ne suis tout simplement pas allé, un soir de première, au théâtre Hébertot où l'on donnait le *Caligula* d'Albert Camus avec un jeune prodige du nom de Gérard Philipe dans le rôle-titre, et dont toutes les femmes étaient folles. Je me suis couché à huit heures, ce qui ne m'était pas arrivé depuis l'adolescence et même quand j'avais été frappé par cette grippe espagnole fatale à Guillaume Apollinaire. Je n'ai plus répondu au téléphone ni aux courriers, j'ai fait le sourd quand on tambourinait à ma porte... J'ai pris le bateau qui partait pour l'endroit le plus éloigné possible mais où l'on parlait français. C'était le *Ville de Strasbourg*.

Je me suis levée pour aller me blottir contre lui. J'ai posé mon visage dans le creux de son épaule et murmuré :

— Je voulais te dire, moi aussi, à propos du grand-père Emouroux... Il était à Camp Brun, avec mon autre grand-père, sauf que lui, c'était du côté des forçats...

CHAPITRE 4

Les fourmis électriques

En vérité, je savais depuis longtemps d'où je venais. Comme une grande partie de celles qui avaient fait la Calédonie, ma famille comptait son lot de déportés, de transportés, de relégués. Un pays était à construire, et personne n'avait le temps ni le goût de se tourner vers le passé. Félicien, mon grand-père maternel, n'était pas un simple gardien de camp. Il possédait une âme de mémorialiste et il avait passé une partie de ses heures de service à noter les faits, les gestes de la chiourme. Il était arrivé avec le premier convoi maritime de bagnards, en 1864, sur l'*Iphigénie* après plus de quatre mois de traversée, cent vingt-neuf jours exactement selon son carnet de route. Sur les deux cent soixante-trois forçats embarqués, une quinzaine étaient décédés au cours du voyage, cinq avaient perdu la raison. Plus de vingt mille hommes ainsi que deux cent cinquante femmes suivraient la même route. Mon grand-père paternel, Louis-Émile

Emouroux, était arrivé dix ans plus tard sur la *Calédonie*, en provenance de Marseille, et semblait, dès le jour de sa mise aux fers, avoir clamé son innocence. Tout comme aujourd'hui, cela n'impressionnait pas grand monde, mais son insistance à revendiquer une révision de son procès, à se plier sans rechigner aux exigences de l'autorité en échange de l'envoi d'une énième lettre de recours, avaient fini par attirer l'attention de Félicien. Dix ans plus tard, lors d'une permission, il s'était rendu au siège de son administration, à Nouméa, afin de prendre connaissance du dossier de cet étrange bagnard pour lequel on envisageait une mesure d'adoucissement de peine en lui confiant un lopin de terre en marge du camp. Son procès, ou plutôt celui d'Hélène Aleuse, dont il n'était qu'un comparse, avait fait grand bruit à Paris, l'année précédant sa déportation. Il était resté dans l'histoire criminelle comme celui de « La Résurrectionniste », nom dont cette Hélène aimait à s'affubler. Fille cadette d'un médecin du quartier des Italiens, elle avait voulu embrasser la carrière de son père et tenté de s'inscrire à la Faculté. Éconduite, elle s'était prêtée un moment aux activités réprouvées de « faiseuse d'anges » avant de trouver sa voie en se mettant au service du professeur Akline, un chirurgien anatomiste. Ce spécialiste de l'amputation travaillait sur la régénérescence des cellules humaines et avait un cruel besoin de cadavres « frais » ainsi que les qualifiait le président du tribunal lors des débats. Elle épluchait les pages d'avis de décès des journaux, pillait les tombes, livrait les dépouilles pour « faire avancer la science », mais sans dédaigner pour autant les billets qu'on lui tendait en échange. Mon grand-père, alors âgé de vingt ans, exerçait la profession de cocher de fiacre. Il était tombé dans ses filets de la manière la plus naturelle du monde : en l'aidant à transporter une malle, depuis la chambre sordide d'un hôtel de la barrière de Montmartre jusqu'au laboratoire du docteur Akline, rue Lauriston. Par la suite, c'est toujours à lui qu'elle faisait appel pour assurer le convoyage des exhumés, sans qu'il se soit jamais douté, selon ses propos mille fois réitérés, de la nature de ses sinistres cargaisons. L'accusation avait aggravé les charges pesant sur les accusés en prouvant qu'Hélène ne s'était pas contentée de se servir dans les cimetières : en deux occasions, elle avait, de sa main, transformé de braves passants en chair à scalpel. Le verdict de mort par décollation avait été exécuté devant la prison de la Roquette, et selon le bourreau ses ultimes paroles, prononcées la tête prise entre les deux demi-lunes, étaient celles-ci :

— Le gamin ne savait rien.

Louis-Émile, qui s'était vu infliger les travaux forcés à perpétuité, peine assortie de la « transportation », aurait préféré qu'elle le dise à la barre ou au moins que, sous la menace de la lame, elle se souvienne de son prénom. Il dut attendre l'amnistie de 1880, normalement réservée aux seuls communards, pour franchir les limites de Camp Brun et cultiver des légumes et du tabac, élever de la volaille, sur un bout de terre mis à sa disposition par l'administration.

— C'est comme ça qu'il a fait la connaissance de ma grand-mère, la fille de Félicien. C'est elle qui venait chercher les salades, les œufs, les poulets, pour la table des gradés.

La tempête s'était éloignée sans vraiment se déchaîner. Je ressentais cet inachèvement presque douloureusement. Allongé près de moi, René m'écoutait en fumant une cigarette américaine.

— C'est bien dommage que j'aie cessé d'écrire des romans, ton histoire est pleine de rebondissements, il y avait là de quoi faire la nique à Zévaco !

— Tu devrais t'y remettre. Je garde toutes les feuilles manuscrites que tu me donnes. La prochaine fois que nous irons à Nouméa, je les emporterai pour les montrer à un ami de papa qui travaille au *Réveil calédonien*. Il pourrait peut-être les éditer...

Il a rejeté le drap et s'est dressé, nu, au pied du lit.

— Tu vas me rendre ces textes immédiatement ! Je t'interdis de les faire lire à qui que ce soit, tu entends ! Je les ai écrits pour toi, et pour toi seule. Dès que j'aurai le moindre problème de santé, j'ai prévu de tout brûler, qu'il ne reste derrière moi que des cendres et pas le plus mince filet d'encre. D'ici à un an, on m'aura oublié à Paris, les chroniqueurs noircissent déjà d'autres noms sur les manchettes des journaux, on célèbre les gloires du jour tandis que les bouquins de René Trager prennent la poussière sur les étagères. Allez, donne...

J'avais ouvert l'armoire et pris à contrecœur la boîte en fer-blanc sérigraphié dans laquelle j'entassais ses pensées, la lui avais tendue. Quelques instants plus tard, une odeur de feu où flottaient les mots brûlés était montée de la cuisine.

Le lendemain, le facteur s'était arrêté à la maison pour remettre en main propre à René une lettre recommandée postée de France une semaine plus tôt.

— Mon garçon collectionne les timbres, c'est un peu normal dans la famille... Si vous n'en avez pas l'utilité, ça lui ferait plaisir d'autant que l'enveloppe a été oblitérée à l'escale de Tokyo. Ça rajoute de la valeur...

René s'était réfugié dans le couloir menant

aux chambres pour ouvrir le pli et prélever les timbres destinés au fils du préposé. Du sourire qui éclairait ses traits, j'avais déduit que la vente de son patrimoine s'était enfin réalisée, et que l'argent cent fois promis par le notaire n'allait pas tarder à garnir notre compte. Cela ne pouvait survenir à un meilleur moment, alors que la plantation de caféiers venait de subir une attaque en règle des fourmis électriques, des colonies composées de milliards d'individus minuscules dont aucun numéro de *Rustica* ne signalait l'existence. Mon père avait fini par apprendre d'un ingénieur agronome qu'il s'agissait de la *Wasmannia auropunctata*, le terme « fourmi électrique » dérivant directement du choc irritant provoqué par sa piqûre. On suspectait que les éléments initiaux de la colonie étaient arrivés sur la Grande-Terre par le port de Nouméa, infestant un chargement de bois exotique en provenance d'Amérique du Sud, continent sur lequel elle proliférait. Ordinairement, les fourmis forment des nids distincts qui se livrent des guerres sans merci, ce qui a l'avantage d'en limiter la prolifération. Rien de tel avec la *Wasmannia* : elle se comporte de manière pacifique à l'égard de ses congénères. Résultat, en l'espace de quelques mois, les caféiers dont elles font leur objectif de conquête privilégié sont devenus inaccessibles. Aucun des produits disponibles sur le marché n'avait la moindre efficacité pour lutter contre cet insecte. Plus personne n'osait s'aventurer pour cueillir les baies. On avait bien essayé d'habiller les ouvriers canaques avec des tenues d'apiculteurs, de les équiper de bombes Fly-Tox ou d'appareils de fumigation, rien n'y faisait. Les légions de fourmis s'immisçaient par le plus petit des interstices, se faufilaient à travers la trame des tissus pour envoyer leur décharge voltaïque sur l'épiderme des imprudents. Pour parachever leur victoire, il n'était pas rare qu'elles filent jusqu'à la tête du malheureux pour investir sa bouche, ses narines, ses oreilles, et s'attaquent à ses yeux. La récolte prenait du retard, il fallait s'endetter pour faire face aux échéances.

J'avais raccompagné le facteur jusqu'à la porte du jardin, puis j'étais venue me planter devant René.

— Alors mon chéri, tu as reçu de bonnes nouvelles ?

Il avait fait la moue.

— Difficile de te répondre... C'est sensible, très touchant et inquiétant tout à la fois. En tout cas, ce qui est sûr, c'est que quelqu'un a vendu la mèche !

— Quelle mèche ? De quoi parles-tu... Ce n'était pas le notaire ?

Il avait posé la lettre sur la table, du papier

bleu clair recouvert d'une fine écriture à l'encre violette.

— Je n'ai pas de secrets pour toi, Viviane. Le mieux, c'est que tu en prennes connaissance...

Je l'avais dépliée, surprise par la rigidité de la feuille au filigrane apparent. Le nom, Paul Le Fèvre, une adresse à Neuilly-sur-Seine, un numéro de téléphone, étaient imprimés en caractères anglais, sur le coin supérieur gauche.

« Mon cher René,

On dit souvent qu'un journaliste ne révèle pas ses sources, et si j'ai toujours tenu ce métier à distance (entends ceux qui l'exercent car jamais je ne m'y serais commis), j'ai au moins ce point commun, la discrétion, avec lui. Je me tairai donc sur le chemin par lequel je suis parvenu jusqu'à toi. J'admire ton courage : Paris est une catin dont je ne peux me passer, trois jours de verdure et ses pavés me manquent. Tous ceux que je croise, et qui savent la profondeur de notre amitié, t'imaginent terrassé par un mal implacable dans une retraite provinciale. Je m'amuse à ne pas les décevoir puisque, tu le sais, rien ne fait davantage plaisir à nos "amis" que de suggérer, sous les mots contraires, la joie qu'ils ont à nous voir souffrir. J'ai dîné à la table de Christian-Jaque qui m'a dit le plus grand bien de ton Soledo *qu'il envi-*

sage d'adapter au cinéma. C'est un petit-maître,
mais il lui arrive de se surpasser. Si cela se concré-
tise, je suis à ta disposition pour m'occuper
de tes intérêts. Depuis que j'ai appris où tu te
cachais (pour vivre heureux, comme personne ne
l'ignore), je cherche à la loupe les nouvelles
de Calédonie, dans les journaux. L'Empire bat
de l'aile, pourrait-on dire, jusqu'aux antipodes.
J'espère que la suppression du travail forcé pour
les indigènes, qui vient d'intervenir, ne contrariera
pas trop ta vie quotidienne. Au cas où cette cor-
respondance te causerait le moindre déplaisir, il
suffit de me le faire savoir, à l'adresse que tu
connais : elle n'aura pas de suite.

Avec mon meilleur souvenir. »

J'avais replacé la lettre dans l'enveloppe
déchirée.

— C'est qui, ce Paul Le Fèvre ? Il travaille
dans le cinéma ?

Il s'était alors mis à esquisser quelques pas de
danse en chantant.

— Non, c'est le nom de baptême d'un poète
dont tu fredonnes sans cesse les vers :

Baisse un peu l'abat-jour, veux-tu ? Nous serons
mieux
C'est dans l'ombre que les cœurs causent,
Et l'on voit beaucoup mieux les yeux

Quand on voit un peu moins les choses...
Baisse un peu l'abat-jour, veux-tu ?

— Oui, je la connais par cœur, sauf que je ne sais pas qui a écrit les paroles...

— Pour ses millions d'admiratrices, il s'appelle Paul Géraldy, et je me flattais d'être l'un de ses proches. Il a écrit plusieurs articles élogieux sur mes romans. Je suis comme toi, j'aurais préféré recevoir des nouvelles du notaire. Mais si cette information concernant l'intérêt que Christian-Jaque porte à mon livre se confirme, la magie du cinéma résoudra tous nos problèmes, comme par enchantement. J'ai décidé de faire une exception et de lui répondre.

Lorsque mon père avait téléphoné, en début d'après-midi, j'avais préféré ne pas lui en parler pour ne pas faire d'histoires. René rédigeait la lettre destinée à cet ami providentiel, et j'avais pris la Studebaker pour aller faire des courses à Bouloupari. Quand j'étais arrivée près du drug-store, un groupe de manifestants canaques et vietnamiens occupaient la place du village, brandissant des pancartes colorées ainsi que des drapeaux américains. J'étais allée me garer devant la pharmacie. Juliette Bawéré, une préparatrice mélanésienne, regardait le défilé depuis la fenêtre de son petit laboratoire. Je l'avais apostrophée.

— Qu'est-ce qui se passe ? Tu es au courant ?

Elle avait haussé les épaules.

— Ce sont les gens de chez nous qui travaillent sur la base. Ils ne veulent pas que les Américains déménagent. Ils ont même fondé un parti, à ce qu'il paraît...

— Qu'est-ce qu'ils demandent ?

Ses yeux s'étaient tournés vers le ciel.

Le rattachement de la Nouvelle-Calédonie aux États-Unis !

CHAPITRE 5

Malraux et la Légion d'honneur

En moins de six mois, la population canaque de l'île venait d'obtenir davantage de liberté que pendant tout le siècle précédent : le droit de choisir sa résidence et son travail, l'interdiction des réquisitions pour travaux d'utilité publique, la possibilité de circuler de jour comme de nuit dans tout l'archipel, l'attribution de la citoyenneté française, la possibilité de créer des associations. De son côté, la hiérarchie catholique avait ordonné les deux premiers prêtres canaques de l'histoire, Luc Amoura et Michel Matouda qui officiait à l'église fréquentée par ma famille. Mon père refusait ce qu'il appelait « les messes noires », et il préférait faire quarante kilomètres de plus, le dimanche, jusqu'à La Foa. Pour une fois, mes parents s'accordaient avec René pour dire que toutes ces libéralités ne tarderaient pas à se retourner contre ceux qui les avaient promulguées. La création du parti pour l'adhésion de l'île aux États-Unis d'Amérique n'était qu'une des séquelles, au milieu de mille autres, de ces décisions prises à Rome, de ces mesures votées à Paris sans que l'on se soucie des principaux intéressés. La plus inquiétante de ces conséquences était, sans conteste, la rapide progression du parti communiste calédonien qui plaçait des cartes d'adhésion par centaines après que deux grands chefs prestigieux, Bouquet et Naisseline, eurent rejoint ses rangs. Un attentat à la dynamite contre le domicile de la pasionaria calédonienne Jeanine Tunica, suivi de son exil en Australie, avait permis de calmer le jeu. Les ouvriers agricoles de toute la région s'étaient groupés en syndicat, et réclamaient le versement de primes conséquentes pour assurer la récolte des plants de café infestés par les fourmis électriques. Mon père avait fini par céder à leurs revendications en comptant sur les royalties du film que Christian-Jaque allait tirer de *Soledo*, ainsi qu'une nouvelle lettre de Paul Géraldy l'avait confirmé. L'auteur de *Baisse un peu l'abat-jour, veux-tu ?* avançait les noms d'André Luguet et de François Périer pour les deux rôles masculins, et celui d'une jeune première encore inconnue, Simone Signoret, pour celui de l'infante d'Espagne, Julien Carette héritant de l'emploi du bouffon.

Pour l'anniversaire de notre mariage, en novembre 1947, nous étions retournés, René et moi, au bord de la rivière Thio, chez mon oncle qui administrait la ville minière. Le climat était lourd, et pas seulement à cause d'une humidité orageuse peu courante en cette saison. Les ouvriers tonkinois du plateau observaient une interminable grève pour honorer la mémoire d'un manifestant tué par la police alors qu'il tentait d'accrocher le portrait de Hô Chi Minh sur la façade de la mairie. La presse ne donnait pas son nom, seulement le numéro matricule sous lequel il travaillait : A.2129. Le deuxième jour, un dimanche, désireuse d'échapper à l'étouffement, j'avais traîné René jusqu'à l'hippodrome de Bota-Méré où des centaines de broussards s'étaient donné rendez-vous pour une course sauvage. Les hommes montaient à cru des chevaux écumants qui répondaient aux noms de Voyou, Galatée, Crâneur ou Hansi... Pas une de ces bêtes qui ne soit une gueule dure, un animal auquel il fallait s'imposer par la pression des mollets, des bottes, par les cris, les talonnades et les coups de cravache. Les hordes labouraient la terre sèche, entourées par les hurlements des supporters ; le martèlement des sabots, sur le sol, s'imposait aux battements du cœur... Les cavaliers, arc-boutés sur les crinières, bouches ouvertes sur des dents étincelantes, ressemblaient à de mauvais génies poursuivis par le diable. La troisième épreuve venait à peine de débuter, pour laquelle j'avais convaincu René de miser vingt francs « Pacifique » sur Lady Rose, quand un petit rondouillard boudiné dans un costume vert pomme, un panama avachi posé sur le crâne, s'est installé près de nous dans la tribune en rondins. Je ne l'ai pas reconnu immédiatement, tout comme René qui a répondu à son salut insistant par simple politesse. Ce n'est que lorsqu'il a sorti de sa poche un vieil exemplaire du *Figaro*, que je me suis souvenu de *L'Enfant d'Icare*, le volume crème de chez Gallimard que ce personnage répondant au nom d'Edmond Silbertraube avait fait signer à René, ici même à Thio, un an plus tôt.

— Je tenais à vous présenter mes félicitations pour votre promotion, bien que ce soit avec un peu de retard, mais le journal nous arrive par bateau, et il faut en dépouiller deux mois d'un coup à la bibliothèque...

René s'était montré agacé.

— Vous parlez de quoi ?

— Attendez, c'est imprimé là...

Le regardant feuilleter le quotidien avec fébrilité, j'avais tout de suite pensé à un écho mondain sur le film que projetait de réaliser Christian-Jaque. Il me détrompa en l'ouvrant à la page du « Carnet ».

— C'est sur le contingent du ministre de l'Information, André Malraux... Un écrivain admirable. Cela ne lui confère que plus de valeur. Il honore l'un de ses pairs...

— Mais de quoi s'agit-il, à la fin ! Cessez donc de parler par énigme.

L'homme avait fait les yeux ronds.

— Comment ? Vous n'êtes pas au courant, personne ne vous a prévenu qu'on vous avait fait chevalier de la Légion d'honneur dans la promotion du 14 juillet dernier ?

René s'était emparé du *Figaro* pour vérifier que son nom figurait bien sur la liste des promus, entre celui d'une cantatrice et celui d'un acteur de la Comédie-Française qui s'était illustré dans les maquis. Il avait déchiré la page, bientôt réduite à une boule qu'il avait lancée sous les sabots des chevaux lancés au galop.

— Ils ne me laisseront donc jamais tranquille ! Par dix fois, ils ont essayé de m'accrocher la rosette au revers du veston, et par dix fois je l'ai refusée. Il a suffi que je tourne le dos pour qu'ils recommencent, qu'ils me l'imposent. Et le pire, c'est qu'ils croient bien faire...

— J'ai du mal à te comprendre, René. Si tu la mérites, je ne vois pas pourquoi tu la dédaignerais. En plus, permets-moi de te dire qu'une pointe de rouge, cela t'irait très bien au teint...

Malgré sa colère, il n'avait pas perdu de vue les casaques des cavaliers qui composaient le

peloton de tête. Sous ses doigts, les tickets se
sont transformés en confettis.

— Je te l'avais bien dit, Lady Rose est dans
les choux. Pas assez résistante : ça se voit à la
musculature. Elle s'est fait distancer dans la dernière ligne droite... Moi, j'ai été mobilisé en
1917, envoyé sur les collines de Champagne, aux
premières loges, où j'ai vu des copains se faire
tailler en morceaux par l'artillerie prussienne.
Ma bonne étoile ne m'a jamais quitté, et je suis
revenu à Paris sans une égratignure. Je n'ai pas
fait preuve d'héroïsme, j'ai simplement eu la
chance de passer entre les balles. Si j'acceptais
cette distinction, ce serait faire injure à toutes
les Gueules Cassées auxquelles la France a
oublié de la proposer, tu comprends ?

Il s'était alors levé pour aller boire du lait
de coco, parfumé au rhum local, à la buvette
de l'hippodrome. Le porteur de mauvaises nouvelles lui avait emboîté le pas. Je les avais vus
discuter âprement en vidant plusieurs verres. À
un moment, l'homme en vert pomme avait sorti
son portefeuille pour exhumer une coupure
de presse et la brandir devant les yeux de mon
mari. Je guettais l'incident qui ne vint pas.
Au contraire. Le bras de René s'était posé, amical, sur l'épaule du bibliothécaire avant qu'un
mouvement de foule provoqué par le départ de
la dernière course ne les ait soustraits à mon

regard. Ostrogoth, le cheval sur lequel j'avais parié, s'était maintenu en tête de bout en bout grâce au travail de son jockey, me rapportant quarante francs pour une mise de dix.

Pas de trace de la Studebaker sur le parking aménagé derrière le virage des tribunes. J'étais rentrée à Thio dans l'Oldsmobile de Fournelet, l'adjoint aux finances de mon oncle, qui se vantait de repartir de chaque réunion hippique les poches pleines, grâce à une martingale infaillible qu'il avait mise au point sur les champs de courses parisiens, celui du Tremblay étant son préféré, au cours de ce qu'il appelait « sa vie d'avant ». Au dîner, j'avais inventé un prétexte pour excuser l'absence de René.

— Il a projeté d'écrire sur la merveilleuse journée que nous avons passée ici, l'année dernière. Il lui faut s'isoler un peu pour retrouver toutes les émotions...

Dès que la nuit était tombée, un drap avait été tendu entre deux niaoulis, tandis qu'un technicien venu de Nouméa installait une machinerie rachetée aux Américains sur un échafaudage composé de deux tables et d'une collection de cales. Après quelques essais, les cinquante personnes rassemblées, assises sur des bancs, avaient repris en chœur le compte à rebours projeté au centre de l'écran : « 6. 5. 4. 3. 2. 1... » Zéro, enfin, dans un long cri joyeux, avant que

Laurel et Hardy ne nous régalent de leurs facéties.

Je venais à peine de m'endormir, en voyant poindre le matin au travers des volets, quand les grincements du parquet m'avaient réveillée. La silhouette de René s'encadrait dans le rectangle de lumière dessiné par la porte ouverte, une silhouette fourbue, cassée... Il s'est dirigé vers le lit en titubant pour s'y laisser tomber de tout son long. Je me suis mise à genoux près de lui, mes mains sur ses joues. Son haleine était chargée d'alcool, des traces de coups bleuissaient son visage, à hauteur des pommettes, un filet de sang coulait de sa lèvre tuméfiée, maculait sa chemise, éclaboussait les pointes de sa veste claire.

— Qu'est-ce qui t'est arrivé ! Je t'en supplie, René, réponds-moi...

Je me suis levée pour mouiller une serviette au robinet de la salle de bains, et j'ai lentement nettoyé ses plaies. Il a fini par reprendre un peu de forces, s'est adossé à la tête de lit, un oreiller calé derrière les reins.

— Donne-moi une cigarette... Dans ma poche...

J'ai sorti une Camel cabossée d'un paquet fripé.

— Tu fumes des blondes maintenant ? C'est nouveau...

Il l'a allumée à la flamme de son Zippo. Ses

62

mains tremblaient, son élocution était pâteuse, il s'arrêtait presque tous les trois mots, un état qui me rappelait ses premiers moments, après son initiation au kava, le soir de notre mariage. Je l'écoutais en faisant des allers et retours vers la cuisine où je préparais du café épais.

— Il n'y avait que ça au bar du Pouemboat, à part les Lucky Strike mais elles me font cracher mes poumons pire qu'un tubard. Ils en ont des stocks, pour presque rien. Des hectolitres de Jack Daniel's, aussi... La caverne d'Ali Baba. C'est un repaire de trafiquants. On aurait dû faire gaffe... Je discutais tranquillement avec Edmond quand ils nous sont tombés dessus comme la vérole sur le bas clergé...

Je l'ai aidé à approcher la tasse de sa bouche.

— Edmond ? C'est qui Edmond ? Jamais entendu parler...

— Mais si, on était ensemble à Bota-Méré quand tu m'as fait parier sur ce tocard de Lady Rose... Edmond Silbertraube, le conservateur de la bibliothèque Bernheim de Nouméa, avec son costard baveux... Le mec qui voulait me refourguer la Légion d'honneur de ce planqué d'André Malraux... Ça y est, tu le remets ?

Je le découvrais sous un jour nouveau, l'ivresse lui faisant adopter un vocabulaire que je ne lui connaissais pas.

— Je vous ai vus partir ensemble. Au début,

tu ne l'appréciais pas trop mais ensuite vous étiez copains comme cochons... Il te montrait un bout de papier, tu te souviens ?

Il a titubé jusqu'aux toilettes et s'est mis à uriner de manière démonstrative, sans prendre le soin de fermer la porte, puis il est revenu vers le lit en boutonnant sa braguette.

— Je ne me rappelle pas ça, ma petite Viviane... Je t'aime, tu sais... Tu permets que je t'appelle « ma petite Viviane » ? Il voulait discuter de mes livres, parce qu'il a tout lu de ce que j'ai écrit depuis le début... Tout, même des trucs que j'ai oubliés... On voulait juste être tranquilles, s'en jeter un derrière la cravate et croquer un morceau en bavardant. On est entrés dans cette boîte canaque sans savoir que c'était un traquenard. Je me force pour l'admettre, mais ton père a raison : on leur accorde ça, et tout le bras y passe ! Bientôt, ce seront eux qui nous donneront des ordres si on ne...

Il s'était endormi d'un coup en marmonnant la fin de sa phrase. Je l'avais déshabillé avant de tirer le drap sur lui, puis je m'étais mise à pleurer. Dans l'après-midi, nous avions repris la route de Bouloupari.

Ce n'est qu'une semaine plus tard qu'un promeneur avait retrouvé, par hasard, le corps d'Edmond Silbertraube, le crâne ouvert comme une noix de coco par un coup de sabre d'abattis.

CHAPITRE 6

L'enquête de Darluche

Mon père avait eu à faire avec l'inspecteur principal Darluche pendant la guerre, à propos d'un soldat américain déserteur. Soupçonné du viol d'une jeune femme mélanésienne avec laquelle il sortait, il s'était réfugié dans les limites de la plantation de caféiers. Le policier ne lui avait pas laissé un très bon souvenir. D'abord il se teignait les cheveux, ce que sa sudation trahissait en colorant son col de chemise d'un jus noirâtre, mais surtout il était secrètement pétainiste dans une île qui avait rejoint le général de Gaulle dès le lendemain de son appel londonien. Il traînait depuis le surnom de « Maréchal des logis ». L'enquête de Darluche, la traque pouvait-on dire, avait souffert de ses convictions dans ce sens où il l'avait menée contre l'Amérique, ennemie du chef qu'il s'était choisi, et non dans le seul souci de la manifestation de la vérité. On avait dû élargir discrètement le militaire, six mois après son incarcération, quand un caporal appréhendé pour exhibition avait fini par avouer qu'il était également l'auteur du premier méfait.

L'inspecteur venait de passer deux jours à Thio, pour ses investigations sur la mort d'Edmond Silbertraube, et il était arrivé à Bouloupari sans prévenir, garant son immense Cadillac Sedan De Luxe rouge cerise devant nos fenêtres. La Stud avait semblé rétrécir de moitié quand le monstre aux ailes en forme d'obus, à la calandre étincelante comme une mâchoire de requin, s'était immobilisé contre ses portières. Le policier en était descendu lentement, prenant le temps d'allumer un cigarillo et d'observer l'endroit dans lequel il mettait les pieds. J'avais délaissé ma préparation de poisson cru au citron et lait de coco pour lui ouvrir la porte un torchon à la main. Il avait agité sa carte officielle devant mes yeux.

— Inspecteur Darluche, de la police judiciaire. Je peux entrer ?

La question était de pure forme puisqu'il était déjà au milieu de la cuisine quand il avait eu fini de la formuler.

— Vous êtes bien madame Viviane Trager ?

— Oui, en effet... C'est à quel sujet ?

Il s'était assis sur le tabouret haut que René affectionnait au moment de l'apéritif.

— L'assassinat du bibliothécaire de Bernheim... Plusieurs témoins nous ont déclaré vous avoir vue en sa compagnie, il y a huit jours à l'hippodrome de Bota-Méré pour la course des broussards. C'est exact ?

— Tout à fait. J'ai lu les articles dans les journaux, à propos du meurtre... C'est vraiment affreux... Nous étions à Thio le dimanche, René et moi. Ce monsieur est venu à notre rencontre car il admire ce qu'écrit mon mari. Ils ont passé la soirée ensemble à discuter littérature...

L'inspecteur Darluche avait pris un petit cube de thon blanc cru sur la table à découper, l'avait avalé.

— Vous étiez présente lors de cette discussion ?

— Non. Le maire de Thio, qui se trouve être mon oncle, organisait une projection de films drôles dans la cour de sa propriété, et j'ai préféré lui faire le plaisir d'y assister. Vous voulez boire quelque chose ? J'ai du tafia local...

De retour d'une promenade au bord de la rivière, René avait traversé la véranda, un crabe de vase dans chaque main, alors que je remplissais le verre du policier. Je m'étais chargée des présentations, parvenant au moyen de quelques mimiques discrètes à faire comprendre à mon époux que je n'avais rien dit sur son escapade nocturne, la semaine précédente. Un risque inutile puisque, à mon grand étonnement, il avait joué cartes sur table.

— Je ne suis certainement pas aussi calé que l'était Edmond Silbertraube à votre sujet, mais j'ai lu quelques-uns de vos livres quand je faisais mes études de droit, à Assas. Si on m'avait dit qu'un jour je me retrouverais face à vous, au fin fond de la Calédonie, j'aurais parié ma chemise sur le contraire... Votre femme me disait que, la veille de sa mort, vous avez passé la soirée en sa compagnie...

René avait saisi la bouteille de tafia pour se servir à son tour.

— Je me suis retiré dans cette île depuis un peu plus d'un an maintenant, et je n'entretiens pratiquement plus aucune relation avec le petit monde parisien. Silbertraube avait du mal à le comprendre.

— Avouez, monsieur Trager, que c'est assez peu courant de se retirer en pleine gloire...

— Je sais bien... Ce serait trop long à expliquer... Dès qu'un article évoquait mon travail, il était tellement content pour moi qu'il me débusquait afin de m'en avertir. Il s'est même invité à notre mariage ! Cette fois, il avait appris par un numéro du *Figaro* que le ministre de l'Information m'avait nommé, il y a quatre mois, dans l'ordre de la Légion d'honneur, ce que j'ignorais, n'ayant rien demandé à mon ami André Malraux. À toutes fins, Silbertraube a voulu que nous fêtions l'événement. Il n'y a pas grand-chose à Thio, et en plus le dimanche ce pas grand-chose est fermé ! L'un des gardiens de l'hippodrome nous a donné l'adresse du Pouemboat, une cahute en bord de mer où l'on peut boire un verre en mangeant du poisson grillé. J'aurais préféré ne jamais y avoir mis les pieds !

Pendant qu'ils parlaient, j'avais pris des assiettes, des couverts dans le buffet et nous avions commencé à piocher dans la marinade accompagnée de riz à la coriandre.

— Ça s'est mal passé ?

— Très mal. La cabane est montée sur pilotis, entourée par la mangrove, et il faut emprunter une passerelle branlante pour y accéder. Dès que nous sommes entrés, j'ai réalisé que c'était un piège dont il serait difficile de sortir. Nous étions les seuls Blancs au milieu d'une trentaine de Canaques, de Wallisiens et de Vietnamiens tous plus saouls les uns que les autres. Au milieu de la pièce, des hommes accroupis autour d'une trappe hissaient des cartons de cigarettes, de whisky entassés sur une barque plate, en contrebas. Probablement un trafic de produits volés dans les surplus américains...

Un rayon de soleil avait illuminé la carrosserie amarante de sa Cadillac Sedan De Luxe.

— Avec le démantèlement des bases, le pays entier s'est transformé en un immense marché noir. Je suis bien obligé de reconnaître qu'on a baissé les bras, sinon il faudrait mettre tout le monde derrière les murs de Camp Est. Ils étaient agressifs ?

— Pas trop au début, bien qu'ils se soient sûrement demandé ce que nous venions faire là et si nous n'étions pas des espions... Le patron ne servait pas au verre, alors j'ai acheté une bouteille de Jack Daniel's que j'ai mise à la disposition de tous ceux qui étaient présents. Ça n'a pas plu à trois types attablés près d'une planche posée sur deux tonneaux qui faisait office de bar. Ils ont voulu y voir de la morgue... Le plus costaud du groupe s'est approché avec sa tasse dans laquelle il a versé un fond de whisky qu'il m'a lancé au visage.

Darluche avait repris une cuillère de poisson cru.

— Il ressemblait à quoi précisément ?

— Un pilier de rugby australien, des bras gros comme des cuisses et des cuisses épaisses comme des jambons... Il portait une chemise imprimée à dominante verte, un short anglais kaki et des godillots de marche... Et aussi un poignet de force clouté au poignet droit. Tout le monde est sorti pour assister au combat, mais ils ont dû être déçus de ma prestation... J'ai tenu moins d'une minute. Un direct au foie, un uppercut sur la tempe. Je suis tombé pour le compte, et quand j'ai repris mes esprits, je me trouvais à des kilo-

mètres de là, près du terril de la mine de nickel...
J'ai marché jusqu'à la maison de l'oncle de
Viviane où je suis arrivé au petit matin. Voilà
toute l'histoire... Ce n'est pas très glorieux...

Il baissait la tête pour ne pas croiser mon
regard, honteux de ne pas avoir trouvé le moyen
de se confier à moi, et de se rattraper par le tru-
chement d'un interrogatoire policier.

— Votre compagnon, Edmond Silbertraube,
se tenait-il à vos côtés à ce moment-là ?

— Non. C'était un combat singulier qui
m'opposait à leur champion. Edmond ne pouvait rien faire d'autre que d'assister au massacre.
Au moindre mot de protestation, les deux cer-
bères qui l'entouraient l'auraient réduit au
silence.

René avait allumé sa troisième Camel, une
marque de cigarettes à laquelle il semblait
s'accoutumer. Il attendait les questions, détendu,
à l'abri du rideau de fumée au parfum épicé.

— Vous avez remarqué si cet énergumène
avait un sabre d'abattis passé dans la ceinture
ou posé près de lui, dans la cabane ?

— Non... J'ai vu deux ou trois coupe-coupe
sans qu'il me soit possible, dans mon souvenir,
de les attribuer à qui que ce soit... Il en avait
peut-être un, ce n'est pas exclu... Mais dans ces
circonstances, il s'agit d'un meurtre, ce serait
trop grave d'accuser sans certitudes absolues.

L'inspecteur avait pris le soin de noter les réponses sur son calepin avant de se lever et de prendre congé. Nous l'avions accompagné jusqu'à sa voiture.

— Il faudra que vous vous déplaciez à Nouméa, au cours des prochains jours, pour une déposition officielle. Essayez de vous souvenir, à propos de ce sabre... On a déjà recueilli assez d'éléments sur ce Jerry Arkawé pour le mettre derrière les barreaux jusqu'à la fin de ses jours. C'est un agitateur dont nos services se sont déjà occupés dans le passé. Si je prouve qu'il y a eu préméditation en établissant qu'il se promenait avec l'arme du crime, l'avocat général peut se permettre de réclamer la peine capitale...

Le lendemain, c'est par un coup de téléphone matinal de ma mère que nous avions appris l'arrestation d'Arkawé, au terme d'une chasse à l'homme mouvementée dans les marais, au sud de Thio. On parlait d'échanges de coups de feu, de plusieurs blessés du côté des forces de l'ordre. Elle le tenait elle-même de la femme d'un avocat du cabinet Colardeau de Nouméa, mais il nous fallut attendre l'arrivée des journaux à Bouloupari, vers neuf heures, pour en avoir confirmation. La nouvelle partageait la première page avec une photo des dégâts occasionnés par un incendie volontaire sur les hauteurs de Hienghène. René reconnut son agresseur sur le portrait imprimé en page intérieure. L'article était titré « *Le meurtrier du bibliothécaire se bat comme un forcené* ».

« Il n'aura pas fallu plus d'une semaine à l'inspecteur Darluche et à ses hommes, pour venir à bout de l'énigme du Pouemboat. C'est près de cette gargote que fut découvert le corps d'Edmond Silbertraube, le conservateur de la bibliothèque Bernheim de Nouméa. L'arme du crime, un sabre d'abattis abandonné par l'assassin sur les lieux de son forfait, a rapidement été identifiée comme étant la possession de Jerry Arkawé, un mineur licencié par Le Nickel l'année dernière, et vivant d'expédients : trafic de cigarettes, d'alcool et de matériel militaire réformé. Hier après-midi, un escadron de la gendarmerie a investi le village de Koualou pour lui mettre la main dessus. Hélas, l'oiseau s'était enfui du nid pour se réfugier dans les marais. Une fouille de sa case a permis de retrouver le portefeuille de la malheureuse victime et mille francs "Pacifique". Des coups de feu ont éclaté, entraînant la riposte des militaires qui se croyaient attaqués. Il s'agissait en fait d'un chasseur de roussettes qui a pu fournir de précieuses indications sur la cachette du fuyard. Arkawé, une force de la nature, s'est rendu après avoir opposé une vive résistance.

73

Trois militaires ont été blessés lors de l'arrestation du forcené. Il a été transféré en début de soirée par hélicoptère vers Nouméa. »

Le procès devant la cour d'assises s'était tenu six mois plus tard, en mai 1948, et René, qui devait être entendu en qualité de témoin, avait tenu à assister à toutes les audiences. Nous nous étions installés près du Village, dans un hôtel fréquenté par des hommes d'affaires canadiens intéressés par le minerai calédonien. Jerry Arkawé plaidait non coupable en se réfugiant dans un système de défense d'une grande faiblesse, l'amnésie sélective. Il prétendait ne plus se souvenir d'une partie de cette soirée, des épisodes entiers s'étant dilués dans l'alcool. Le procureur de la République avait eu beau jeu de rétorquer : « *Vous avez bu du whisky la nuit du crime, eh bien maintenant vous allez trinquer !* » Par la suite, s'il s'était montré incapable de s'expliquer sur la présence de son coupe-coupe, il avait admis s'être emparé du portefeuille de la victime :

— Je suis tombé sur le mort, en braconnant... Je ne sais pas ce qui m'a pris... Je ne l'ai pas tué, il était déjà froid...

Les jurés ne s'étaient pas éternisés. En moins de trois heures, ils avaient répondu par l'affirmative à toutes les questions rappelées par le juge et condamné Jerry Arkawé à la peine capitale pour le meurtre crapuleux d'Edmond Silbertraube.

Le soir, au restaurant, on avait bu du champagne.

CHAPITRE 7

Le don d'ubiquité de René Trager

Je connaissais bien Hubert Latrache, le jeune avocat du cabinet Colardeau qui avait été commis d'office pour tenter l'impossible devant les assises : sauver la tête d'Arkawé. Sa famille était originaire de Bouloupari et j'étais allée en classe avec deux de ses sœurs. On murmurait qu'il descendait d'un déporté musulman de 1871, Boubakeur El Hatrache, chef d'une de ces tribus kabyles qui s'étaient révoltées contre la France au moment des enrôlements pour la guerre que nous faisait la Prusse. Une tombe à ce nom était régulièrement entretenue au cimetière musulman de Nessadiou, près de Bourail. Après sa libération, son ancêtre s'était marié avec une communarde incarcérée sur la presqu'île Ducos. Les enfants s'étaient vu accorder le droit de franciser leur nom d'El Hatrache en Latrache, de même qu'aujourd'hui les fils de Vietnamiens changeaient Minh Khai en Minquet ou Thanh Hoa en Tannois. C'est très certainement ce poids de la filiation qui expliquait la réputation de rebelle dont Hubert était affublé au barreau de Nouméa. On se souvenait qu'il avait tenté de s'engager dans l'US Air Force, dès l'arrivée du contingent américain sur l'île, pour combattre les Japonais. Plus tard, il n'avait pas hésité à prendre la défense d'un Canaque qui accusait un chef de parti d'avoir été subventionné par le gouvernement de Vichy. Sa victoire ne lui avait pas fait que des amis, et l'on attendait avec une certaine impatience de le voir assister son client, au petit matin, pour ses derniers instants.

Il m'avait appelée, au milieu du mois de mars 1949, pour m'annoncer que le président de la République venait de rejeter la demande de grâce de Jerry Arkawé, et que l'exécution était fixée au 27 avril suivant dans la cour de la prison de Camp Est. Il ne pouvait rien me dire au téléphone, mais souhaitait me voir le plus rapidement possible. J'avais pris la Studebaker, prétextant un rendez-vous impromptu chez le médecin, « pour une affaire de femme ». Nous nous étions retrouvés à la terrasse d'un glacier, près de la bibliothèque Bernheim. Il n'y était pas allé par quatre chemins.

— Dans un mois, on va guillotiner un innocent.

Il était livide, ses lèvres tremblaient et il me fixait avec une telle intensité que j'avais été contrainte de baisser les yeux. J'avais repoussé ma coupe au centre de la table. Maintenant les deux boules de sorbet au citron fondaient au soleil.

— Il a pourtant été reconnu coupable à l'unanimité du jury...

C'est seulement en le prononçant dans ces circonstances que le mot « coupable » avait pris tout son sens.

— S'il y avait eu deux ou trois Canaques parmi les jurés, le résultat aurait été différent. Je ne prétends pas pour autant que c'était une décision raciste, je dis simplement que les Caldoches de Nouméa ne sont pas encore en mesure de comprendre l'âme de ce peuple... Quand Arkawé déclare : « *J'ai volé, mais je n'ai pas tué* », il est incapable d'aller plus loin, cela doit suffire à établir la vérité. Dans son système de pensée, tout le reste ne compte pas. J'ai mis des mois à lui faire comprendre qu'il devait expliquer le moindre de ses gestes avant et après la découverte du corps. Faire cela, pour lui, c'était admettre qu'il y était pour quelque chose. C'est assez délicat, Viviane, mais ce qu'il m'a confié fait porter le doute sur la sincérité des dépositions de votre mari...

Le plus curieux, c'est que cela ne m'a pas surprise.

— Que vous a-t-il dit ?

Hubert Latrache s'est penché vers moi.

— Il ne nie pas être à l'origine de la bagarre qui s'est déroulée devant le Pouemboat. Jusqu'à cet instant, cela s'est passé conformément au récit de René Trager. Le problème se situe immédiatement après. Votre mari est resté groggy à terre pendant un quart d'heure, et, selon Arkawé, personne ne s'en est approché pour le transporter à l'autre bout de la ville comme il l'a affirmé. Dès qu'il a repris ses esprits, la future victime, Edmond Silbertraube, l'aurait aidé à se remettre debout. Ils seraient partis tous les deux ensemble. Il est envisageable que l'un des deux, dans le but de conjurer sa peur, ait ramassé le sabre d'abattis dont Jerry s'était débarrassé pour se battre...

J'avais protesté, pour la forme.

— Vous rendez-vous compte de ce que vous insinuez ?

— Je me rends surtout compte que, dans un mois d'ici, je serai aux côtés d'un homme auquel on coupera les cheveux, le col de chemise, enfin la tête... Et que si je ne lève pas le plus petit doute sur sa culpabilité, avant l'issue fatale, je n'aurai plus une seule minute de repos durant toute mon existence. J'ai besoin d'en avoir le cœur net. Les règlements judiciaires m'interdisent d'interroger votre mari... Vous n'êtes pas dans ce cas...

Après l'avoir quitté, j'avais erré dans les rues à angles droits du quartier Latin, au centre-ville de Nouméa. J'étais entrée dans des boutiques de vêtements, de chaussures sans parvenir à fixer mon attention sur les lignes de la dernière mode parisienne. Les bois de justice, dressés dans mon esprit, barraient l'horizon. Mes pas m'avaient ramenée devant la façade métallique de la bibliothèque, un pavillon construit par Gustave Eiffel pour l'Exposition universelle de 1900, à Paris, qu'un mécène avait offert à la ville. Un portrait d'Edmond Silbertraube accroché au-dessus des rayonnages accueillait les visiteurs. Dans un premier temps, je m'étais dirigée vers les collections romanesques classées dans l'ordre alphabétique des noms d'auteurs. Les œuvres de mon mari, douze volumes soigneusement reliés, occupaient la moitié d'une étagère, entre *Chair défunte* de l'écrivain belge Pierre Trafort et le recueil *Panthéon* du poète bulgare Todor Trajanov. L'un de ses livres donnait l'impression de n'avoir jamais été ouvert. Je l'avais fait glisser vers moi. J'avais parcouru la couverture de *Partition inachevée*, le résumé au verso, puis l'avais feuilleté jusqu'au moment où j'étais tombée sur la date et le lieu d'achèvement du manuscrit : « *Paris, 23 novembre 1946* ».

Personne n'était mieux placé que moi pour savoir que la semaine précédente René Trager m'avait épousée, à l'église mariste de Thio, à vingt mille kilomètres de la ville où il était censé avoir terminé son ouvrage publié par Gallimard ! Après un moment de doute, l'explication s'était imposée dans toute sa simplicité : René ne pouvait se passer d'écrire chaque matin bien qu'il ne cesse de proclamer qu'il avait définitivement rompu avec le monde littéraire. Il avait été incapable de résister, dans le secret, à l'envoi du fruit de son imagination débordante à son éditeur. D'ailleurs, je me souvenais de la lueur de contentement qui avait illuminé son visage quand Edmond Silbertraube lui avait appris qu'André Malraux l'avait nommé dans l'ordre de la Légion d'honneur. Pour en avoir le cœur net, j'avais alors demandé à consulter la collection des anciens numéros du *Figaro*. La bibliothécaire m'avait installée dans un petit bureau latéral dont les portes-fenêtres ouvraient sur le patio fleuri, encadrée par des piles de papier jauni. Plusieurs exemplaires manquaient comme celui portant la liste des récipiendaires que le mort du Pouemboat exhibait devant René dans les tribunes de l'hippodrome.

Le roman *Partition inachevée* avait été publié quatre mois après que René y eut inscrit le point final, en avril 1947. Un auteur réputé, Albert t'Serstevens dont j'avais lu avec plaisir *L'Or du Cristobal*, en faisait une critique très positive dans le supplément littéraire de l'édition du 12 mai suivant. J'étais restée jusqu'au soir, dans le bruissement des feuilles, et j'allais abandonner quand un titre attira mon attention : « *La France rend hommage aux poètes résistants* ». On y célébrait Paul Eluard, François Mauriac, Louis Aragon, René Char, Max-Pol Fouchet et René Trager. Je ne remarquai pas immédiatement l'une des photos au format médaillon qui illustraient l'article. Mais dès que mon regard se porta en bas de page, près de la signature, je fus prise de violents tremblements : mon mari, en habit de cérémonie, recevait sa décoration des mains d'André Malraux dans les salons dorés du ministère de l'Information. Dès que j'étais parvenue à me maîtriser, les centaines d'alertes que l'amour m'avait obligée à dédaigner s'étaient comme cristallisées, et ma vie de ces trois dernières années m'était apparue soudain sous un angle totalement nouveau. J'avais voulu être aveugle, et pour me punir on me rendait la vue.

J'étais rentrée à la nuit. Le faisceau des phares de la Studebaker avait balayé la façade, et j'avais cru apercevoir la silhouette d'une femme derrière les vitres de la véranda. Son parfum flottait encore dans le couloir, dans la chambre conjugale, mais j'avais pris sur moi pour ne pas y attacher d'importance. Cela pesait de peu de poids en regard du secret qu'il me fallait porter désormais. René avait allumé une cigarette pour dissiper les effluves de sa maîtresse, produisant le plus de fumée possible tout en m'interrogeant sur ma journée à Nouméa.

— Je n'ai pas trop compris ce que tu allais faire là-bas...

Sans y réfléchir, j'avais inventé le plus gros des mensonges.

— J'étais en retard depuis deux mois... Je voulais savoir ce qui se passait... Je crois bien que je suis enceinte...

Ses traits se sont métamorphosés, des larmes ont roulé sur ses joues et il s'est agenouillé pour poser sa tête sur mon ventre.

— C'est merveilleux, chérie... Je n'avais jamais osé te le demander, à cause de mon âge... Tu ne peux pas imaginer combien cela me fait plaisir. C'est le plus beau jour de ma vie...

L'état de faiblesse dans lequel je devais nécessairement me trouver, du fait de ma grossesse, m'avait valu d'être choyée comme si j'étais atteinte d'une maladie grave : c'est tout juste si je parvenais à m'aventurer au-delà des limites de notre jardin. René disparaissait des jours entiers pour, disait-il, faire les courses, choisir les meubles, les vêtements, dont notre enfant aurait besoin à sa naissance. J'avais mis cette solitude à profit pour roder chacune des phases de mon plan d'attaque. La date de son déclenchement était fixée au 28 avril, lendemain de l'exécution de Jerry Arkawé. René m'avait facilité la tâche, le jour prévu, en rentrant passablement éméché d'une de ses virées dans les bars de Bouloupari et de La Foa. Dès qu'il s'était endormi, j'avais disposé trois épouvantails habillés de vieux vêtements près de la Studebaker, puis j'étais remontée me coucher près de lui. Cinq minutes plus tard, je l'avais réveillé en me serrant contre son dos.

— René, j'ai entendu des voix en bas... On essaye de voler la voiture... J'ai peur...

Il s'était levé, encore sous l'emprise de l'alcool, et s'était dirigé en titubant vers la véranda, se saisissant au passage du fusil de chasse accroché au râtelier. Pendant qu'il s'approchait au ralenti de la pièce d'où l'on voyait le mieux le jardin, j'avais empoigné un autre fusil, à canon simple, que mon père m'avait offert pour mes vingt ans. René était trop ivre pour penser à faire des sommations, il s'était mis à canarder les mannequins au travers des vitres, étonné de ne pas voir les voleurs s'effondrer sous la mitraille. La carrosserie de la décapotable s'en était moins bien sortie. Dès qu'il avait été à court de cartouches, je m'étais placée devant lui, dans l'exacte trajectoire de ses tirs. Je ne lui avais pas laissé le temps d'exprimer sa surprise et j'avais visé le cœur.

L'inspecteur Darluche avait hérité de l'enquête. J'avais senti qu'il était étonné de rencontrer une veuve aux yeux secs. Il avait évoqué une théorie oiseuse qui voulait que les femmes enceintes, pour conjurer le malheur, barricadent leur corps autour de l'enfant à venir... J'avais évité de le détromper. L'un de ses adjoints parcourait le jardin en tous sens, un décamètre dans les mains, tout le temps qu'il m'avait interrogée. Il croyait assez peu à la tentative de vol : selon lui, des amis ou des proches de Jerry Arkawé s'étaient introduits à l'intérieur de notre propriété pour venger le martyre de leur compagnon, la veille, dans la cour de la prison de Camp Est.

René Trager fut enterré près du caveau familial, dans le cimetière de Bouloupari. Mon père se refusa à prononcer son nom, lors des funérailles, se contentant de me dire, en m'embrassant :

— Qu'Il repose en paix.

Sur sa tombe, sous le classique « René Trager, 1884-1949 », j'avais fait graver ces mots trouvés sur l'un de ses ultimes fragments manuscrits : « *Mourir n'est pas mourir, c'est changer.* »

J'ignorais encore à quel point il avait raison !

CHAPITRE 8

Le mort est de retour

L'assassinat d'un écrivain de renom par un commando de Canaques, pour laver l'honneur d'un guillotiné, avait fait les gros titres de la presse calédonienne. L'ensemble des hommes appartenant à la tribu de Jerry Arkawé avaient été entendus par la police judiciaire, leurs cases fouillées de fond en comble, mais le fusil utilisé par le meurtrier n'avait pu être retrouvé. L'enquête s'enlisait. J'avais mis à profit une partie de pêche organisée par une voisine, après que j'eus officiellement perdu l'enfant qui m'était promis, pour le jeter dans les eaux du lagon lesté d'une barre de plomb. Les épouvantails, plantés dans le carré de maïs, servaient de perchoirs aux roussettes. Seuls les trous qui grêlaient la portière gauche de la Studebaker me rappelaient cette nuit maudite. J'aurais même fini par la chasser de mes préoccupations, si le facteur, un mois après l'enterrement de mon mari, ne m'avait tendu une lettre postée en France et dont l'oblitération indiquait la provenance exacte : Neuilly-sur-Seine. Dans un premier temps, j'avais pensé qu'elle émanait de Paul Géraldy, cet ami qui s'était dépensé sans compter, et malheureusement sans résultat, pour l'adaptation de *Soledo* par Christian-Jaque.

« Chère madame Trager,

La presse parisienne se fait l'écho du malheur qui vous frappe dans la personne de votre époux. Je tiens donc à vous présenter mes sincères condoléances et à vous assurer du chagrin que j'éprouve en apprenant la mort de l'écrivain "René Trager". Je connais parfaitement son œuvre et pourrais en réciter, de tête, des passages entiers à l'exception de ce Soledo *dont il est écrit que Paul Géraldy voulut en tirer un film. J'ai hâte de le lire. Paul, joint au téléphone, n'en a aucun souvenir, mais je reconnais bien là sa légendaire discrétion. Celui que la critique surnommait "le vagabond sentimental" ne pouvait finir ses jours qu'aux confins de la planète, assassiné par d'insaisissables Canaques. Il aurait été indigne qu'il ferme les yeux, vaincu par la vieillesse, à Bécon-les-Bruyères, à Beton-Bazoches ou pire à Bourg-la-Reine voire Nœud-les-Mines. Avoir choisi pour dernier domicile le cimetière de Bouloupari vous place un homme : l'exotisme de l'obscur singulier "Boulou" et l'universel lumineux de Paris. Je regrette par-dessus tout de ne pas avoir été présent à ses funérailles, tant de choses liant nos âmes et nos corps oserais-je écrire, bien que nous ne nous soyons jamais croisés. Le hasard faisant bien les choses, il me sera possible de venir me recueillir sur sa tombe, d'y lire son épitaphe, mes affaires me conduisant incessamment vers l'Australie. Les progrès de l'aviation civile me permettent de vous informer que je me poserai à l'aéroport de Nouméa-Tontouta le 15 mai prochain. Je ne manquerai pas de vous téléphoner au numéro trouvé dans l'annuaire, et je m'offre déjà le plaisir de penser à notre prochaine rencontre. Votre bien dévoué, René Trager, Chevalier de la Légion d'honneur. »*

Je m'étais laissé tomber sur la balancelle pour relire la lettre, fascinée et effrayée tout à la fois par la signature qui imitait à la perfection celle de mon époux. Je ne comprenais pas ce mélange de préciosité et de vulgarité. Au cours des jours qui avaient suivi, il ne se passait pas une heure sans que je sorte le papier de ma poche pour m'assurer de sa réalité. Je n'avais parlé à personne de son contenu. Surtout pas à mon père qui cherchait un moyen de me faire entrer en possession des biens qu'« Il » ne pouvait manquer d'avoir abandonnés derrière lui, en France, dans les caisses de ses éditeurs, de ses producteurs.

Les quatre hélices du Lockheed Constellation en provenance de Sydney tournaient encore, que déjà les passagers empruntaient la passerelle posée contre le flanc de l'appareil. Je ne me voyais pas attendre l'appel d'un inconnu près de mon poste de téléphone, j'avais donc décidé de venir à sa rencontre sur le tarmac de Tontouta. On fit tout d'abord sortir les membres d'une troupe de danse folklorique des Nouvelles-Hébrides qui furent acclamés par un groupe d'admirateurs, puis ce fut au tour d'une dizaine de gradés américains, dont un général, en uniforme de l'US Navy. Je sus que c'était de lui qu'il s'agissait à la seule couleur de son élégant costume, un blanc légèrement cassé, et au mouvement qu'il imprimait au vêtement. Quand le soleil éclaira son visage, annulant l'ombre projetée par la visière de son panama, je faillis me trouver mal : c'était bien mon mari, que j'avais tué et enterré quelques semaines plus tôt, qui descendait de l'avion, un sourire aux lèvres, s'arrêtait au milieu des marches pour allumer une cigarette. Je me forçai à respirer lentement, calmai les battements de mon cœur, et marchai droit sur lui. Il ne marqua pas la moindre surprise quand je lui tendis la main.

— Viviane Trager... J'ai préféré venir vous attendre... C'est bien vous qui m'avez écrit cette lettre depuis Neuilly-sur-Seine...

Avant de me répondre, il remit un billet de un dollar au jeune porteur qui s'était chargé de récupérer son bagage.

— Vraiment enchanté de faire votre connaissance, Viviane... Ce n'est pas tous les jours qu'on se découvre des parents par alliance...

Je m'étais promis de ne pas le pousser dans ses retranchements dès les premières minutes, mais la tension était trop forte depuis que j'avais lu son courrier.

— Vous êtes son frère, c'est ça ? Son frère jumeau... La ressemblance est hallucinante...

Il me prit par le bras.

— Je n'ai pas l'habitude de discuter des affaires de famille devant tout le monde. Nous pourrions peut-être nous installer dans un restaurant tranquille de Nouméa, qu'en pensez-vous ? Je vous laisse choisir, c'est votre territoire.

Une fois les baraquements de l'aéroport contournés, je m'arrêtai devant la Studebaker dont j'ouvris le coffre.

— Nous sommes beaucoup plus près de Bouloupari que de Nouméa. On peut aller chez moi. À moins que cela ne vous dérange de passer à la maison ?

Je ressentis un nouveau choc, qui m'inonda le corps de tremblements quand, après avoir garé la voiture, mon visiteur traversa la véranda où je revoyais son double disparu tirer sur les épouvantails. Je le guidai jusqu'au salon et préparai du café. Il en but une pleine tasse, alluma une nouvelle Camel, avant de me donner les premières explications.

— Je ne suis ni le jumeau ni le frère de votre mari. Pourtant mon nom est bien René Trager, écrivain de profession, auteur de *L'Enfant d'Icare*, de *La Fille de Jade*, des *Poèmes à l'Inconnu* et tout récemment de *La Partition inachevée*...

Je soulevai le couvercle de la boîte dans laquelle j'avais réussi à conserver quelques textes.

— Ce n'est pas possible ! C'est mon mari qui les a écrits. J'en ai la preuve ici même. Il ne cessait de noircir du papier dans son bureau du pigeonnier... Tenez, regardez...

Il prit la feuille et lut à haute voix, avec emphase :

> *Je veux être pour toi*
> *Un orage boréal*
> *Ce que nul n'a été*
> *Un palais de regards*
> *Une galerie des glaces...*

Il la reposa, en saisit une autre tout en commentant la précédente.

— Ce n'est pas de moi, mais ça n'est pas de

lui non plus. Je connais bien ce poème : il est tiré d'*Empreintes*, un recueil de la comtesse de Rotival. Quant à celui-ci, c'est encore plus flagrant... « *Mon fils, si ton amour se dresse contre toi, ne fais pas le bravache ; cède et tu apprendras bientôt que c'est en cédant que l'on sort grandi de la querelle* »... On trouve l'original dans *L'Art d'aimer* d'Ovide : « *Si ton amie te contredit, cède ; c'est en cédant que tu sortiras vainqueur de la lutte* »... Pas de doute, il recopiait très bien !

Les nerfs me firent soudain défaut, et je me mis à pleurer.

— Je n'y comprends plus rien ! C'est à devenir folle. Mais qu'est-ce que tout ça signifie, à la fin !

René Trager me tendit sa pochette, pour effacer mes larmes, je remarquai seulement à cet instant la rosette qu'André Malraux avait accrochée au revers de sa veste. Sa voix se fit douce.

— Croyez bien que je me suis posé les mêmes questions en apprenant mon décès dans les journaux, par assassinat et à vingt mille kilomètres de chez moi ! J'étais en plus soupçonné, entre les lignes, d'être mêlé à un crime crapuleux et d'avoir laissé un innocent gravir les escaliers de la guillotine à ma place ! Le seul avantage que j'ai gagné à me survivre, c'est de savoir précisément, aujourd'hui, ce que mes contemporains pensent de moi...

Je l'écoutais à moitié, perdue dans le brouillard des souvenirs.

— Et ces mots que j'ai fait graver sur sa tombe « *Mourir n'est pas mourir, c'est changer* »... Là, ils sont au moins de lui ?

Le voyageur remua la tête en signe de dénégation.

— Non. Il aura tout maquillé, jusque dans son linceul ! J'espère pour vous que les héritiers d'Alphonse de Lamartine ne vous réclameront pas de droits d'auteur sur la pierre tombale, même si la citation de ses *Méditations poétiques* est tronquée : « *Mourir n'est pas mourir ; mes amis ! c'est changer !* » On pourrait considérer que c'est de l'humour noir, que ce faussaire a tenu à partir sur un ultime pied de nez sculpté dans le marbre... Si le contexte n'était pas aussi sordide, je dirais qu'il a du génie.

— Je n'arrive pas à le croire... J'ai été mariée pendant près de trois ans à un imposteur dont je ne sais même pas la véritable identité ! Mon père avait raison de ne jamais l'appeler que « Il »... Il voyait juste...

Il se servit un biscuit à la cannelle qu'il trempa dans sa tasse.

— Son nom ne vous apprendra rien, il est aussi banal que le mien : Robert Despré, né à Villepinte, un village de Seine-et-Oise, en 1885. Dès que j'ai eu la révélation de ma disparition de la surface de cette terre, j'ai fait procéder à quelques vérifications d'état civil par les services du ministère de l'Information dont le titulaire venait de me remettre la Légion d'honneur. On ne plaisante pas avec la réputation des récipiendaires, et l'enquête n'a duré que quelques jours. Votre mari me ressemblait étonnamment, au plan physique, vous êtes bien placée pour le confirmer, mais il était mon exact contraire sur le plan moral. Il a appris le métier de mécanicien, et travaillait à la mise au point des moteurs d'avion, au début du siècle, chez Esnault-Pelterie à Boulogne-Billancourt. En 1917, la justice militaire l'a envoyé trois ans en forteresse, pour abandon de poste, mais il semble que ce soit consécutif à un grave choc reçu au cours d'une offensive, et qu'il ait été sujet à des périodes d'amnésie.

— Il ne se souvenait plus qui il était ?

— Non, pas à ce point... Il est probable qu'il en a rajouté pour se construire une vie d'assisté bien qu'il ait utilisé son incarcération pour lire tout ce qui lui tombait sous la main et acquérir une véritable culture. On lui connaît une kyrielle de petits métiers, un mariage suivi d'un divorce, des séjours en prison pour une série d'escroqueries, avant qu'il ne se lance dans l'action politique pour le compte du Parti populaire français, le mouvement collaborationniste de Jacques

Doriot. Il faisait partie de l'équipe d'un ancien champion cycliste, Gueule Tordue, qui torturait les résistants dans les sous-sols de l'ancienne école de Santé militaire, à Lyon... À la Libération, les tribunaux l'ont condamné à mort par contumace, et il a profité de la ressemblance qui nous unissait pour usurper mon identité. Il a eu la présence d'esprit de partir aux antipodes, sinon je pense que le subterfuge n'aurait pas duré aussi longtemps.

*

Cela fait maintenant trois mois que le Lockheed Constellation de René Trager est reparti vers Sydney, sans lui, et l'écrivain ne se décide toujours pas à quitter la Nouvelle-Calédonie. Il a insisté pour venir se recueillir sur « sa » tombe avant que je fasse enlever la plaque pour la remplacer par une autre plus sincère gravée au nom de Robert Despré. L'inspecteur Darluche a été muté à Wallis-et-Futuna après qu'on eut prouvé qu'il avait envoyé un Canaque innocent, Jerry Arkawé, à la guillotine. Au cours des parties de pêche, mon père n'appelle notre nouvel ami que « René » et se délecte des poèmes qu'il déclame en fin de repas. Il a remarqué que j'ai les yeux qui brillent en sa présence. Hier, alors que nous revenions de Thio par la piste, après une journée passée dans la maison de son frère, il s'est serré contre moi, m'a chuchoté à l'oreille.

— Ce serait bien si tu devenais, pour de bon, madame René Trager...

Partout sur ma peau, j'ai senti des picotements, comme des fourmis électriques de basse intensité.

L'écrivain et son double

Un nègre en signature

Un matin du mois de janvier 1990, un ami de La Roche-sur-Yon, objecteur de conscience de son état, me téléphone, passablement inquiet. La semaine précédente, je m'étais déplacé dans la place forte napoléonienne, à son invitation, pour animer un débat sur la littérature noire.

— Salut... Je voulais te dire que les gendarmes de Nantes nous ont contactés pour avoir ton adresse et ton numéro de bigo... On a dit qu'on n'avait rien de ce genre sous la main. J'ai l'impression qu'ils te cherchent...

Même si ça n'avait pas toujours été le cas, j'étais en règle avec l'ensemble des services de l'État, jusqu'aux contraventions pour stationnement illicite que j'avais renvoyées aux adresses *ad hoc*, munies de leur timbre-amende !

— Je n'ai rien à me reprocher. S'ils rappellent,

passez-leur mes coordonnées, je préfère savoir ce qu'ils me veulent.

Le lendemain, c'était au tour des gendarmes d'Ancenis, en Loire-Atlantique, de faire résonner la sonnerie de l'appareil dans mon appartement.

— Bonjour. On a un problème... Il y a six mois, nous avons placé un individu en détention qui prétend, à part son identité régulière, disposer du pseudonyme « Didier Daeninckx ». Or, originaire de La Roche-sur-Yon où vit toujours ma mère, je m'y suis rendu le week-end dernier et quelle n'a pas été ma surprise de constater, en lisant les pages régionales de *Ouest-France*, qu'un écrivain répondant au même nom y avait donné une conférence.

Je me suis mis au garde-à-vous pour lui répondre.

— Affirmatif : c'est moi...

— La procédure nous oblige à tirer cette affaire au clair. Il faudrait que nous fassions un transport de justice chez vous afin que vous puissiez identifier certaines pièces en notre possession...

— Vous venez quand vous voulez. La maison vous est ouverte.

Une semaine plus tard, le temps que le juge d'instruction en charge du dossier signe l'autorisation de déplacement, deux gendarmes d'allure sportive débarquaient à la maison. L'un d'eux portait un volumineux carton qu'il déposa sur la table de la salle à manger. Pour les mettre en confiance, je leur tendis ma carte d'identité m'attirant deux sourires navrés.

— Voilà : pendant plusieurs mois un individu nommé J.R. s'est fait passer pour vous en Vendée, dans la région de Nantes, de Pornic, en basse Bretagne. Il a donné une série d'interviews à la presse ou bien des journalistes lui ont consacré des articles à l'occasion de ses séances de signature. Je vais vous présenter chacune des pièces sous scellés afin que vous puissiez identifier ce qui vous appartient et ce qui est à lui...

Le gradé qui menait le jeu a alors disposé une trentaine de journaux, et j'ai fait le tri entre les papiers qui m'étaient consacrés et ceux où apparaissait mon double. Il se montrait à l'aise, répondant avec brio, aussi bien que j'aurais pu le faire, aux questions sur les livres que j'avais écrits, preuve qu'au moins il les avait lus. Le plus troublant dans l'affaire, c'est que la profession initiale de ce J.R. était également la mienne, imprimeur. Et comme il s'essayait à l'écriture, il avait composé quelques ouvrages sur les presses de sa petite entreprise et les avait imprimés en barrant la couverture de mon nom ! Il y avait un inoffensif *Fils d'Icare*, et un sulfureux *Le fœtus de madame est avancé*. Si on lui demandait :

« Mais comment avez-vous fait pour écrire *Le fœtus*, *etc.*, après *Meurtres pour mémoire* qui aborde des événements tragiques contemporains ? », il répondait : « Oh, c'est simple, pour me décontracter. »

Dès que les deux piles furent face à face sur la table, les gendarmes acceptèrent de boire un verre. Ils m'expliquèrent que ce J.R. était un escroc professionnel qui avait à son actif une imposante série d'impostures, vivant sous nombre d'identités fictives, s'autodécorant dans les ordres les plus prestigieux.

— En règle générale, ces individus sont assez insaisissables. Ils changent de couleur le plus rapidement possible, comme des caméléons, et quand on recherche un évêque de pacotille, il est déjà dissimulé sous l'uniforme d'un général. Là, avec vous, je veux dire avec lui, il s'est produit une chose rarissime : le faussaire est d'une certaine façon tombé amoureux de son personnage. Au lieu de jouer à l'écrivain pendant un mois ou deux, il s'est installé dans le rôle, laissant des traces de plus en plus nombreuses dans son sillage. On le pistait, et on a eu la chance de le surprendre en flagrant délit.

Lorsque je me suis inquiété de savoir comment il opérait, c'est le subordonné qui a pris la parole.

— Le plus simplement du monde. Il s'installait

à l'hôtel sous votre identité, dans une petite ville, et passait les deux premiers jours à se faire connaître des personnalités locales. Il offrait à boire au bar, et prenait soin de faire porter le montant des consommations sur sa note. Il se rendait ensuite chez le libraire, proposait d'animer une vente-signature dans les salons de l'hôtel, et laissait le soin au commerçant de commander les livres parus chez Gallimard et Denoël, et précisait qu'il apporterait des exemplaires des ouvrages publiés à compte d'auteur comme *Ariane* ou *Le fœtus*... Le jour dit, il dédicaçait et le fait que les exemplaires soient agrémentés de son paraphe lui permettait de les vendre deux ou trois fois le prix normal. Tout le monde se pressait devant la table, le conseiller général, le maire, les professeurs, et il faut bien l'avouer les représentants de la force publique... En fin de séance, il raflait la totalité des invendus ainsi que le produit de la vente. Si le libraire émettait un doute sur le procédé, il lui rétorquait que c'était convenu avec Gallimard, et que l'éditeur parisien lui enverrait un chèque dans la semaine.

En l'écoutant, j'essayais de me souvenir si, à l'occasion d'un de mes passages rue Sébastien-Bottin, dans les sous-sols dévolus à la Série Noire, j'avais senti peser sur mes épaules le poids du soupçon... Jamais. Pourtant, on me le confia par la suite, on s'étonnait des curieuses pratiques commerciales qui m'étaient attribuées dans le Sud-Ouest du pays. Le gendarme continuait.

— Le lendemain matin, l'oiseau avait quitté le nid en laissant derrière lui une interminable liste de factures impayées, de notes sans crédit, de chèques sans provisions, toutes choses qui vous étaient attribuées... On n'en a jamais fait état devant vous ?

— Non, je vous assure... Tout le monde s'est fait avoir : vous les premiers en me mettant en prison, sous pseudonyme, sans savoir que j'existais ! J'imagine qu'il a été confronté à quelques personnes qui connaissaient mon visage...

Le chef a fouillé dans les scellés pour se saisir d'un exemplaire de *Presse-Océan* illustré de la photo du faussaire, visage rond, fine moustache, cheveux courts, air conquérant aux lèvres.

— Il avait un aplomb extraordinaire. Un témoin lui a fait la remarque que vous aviez énormément changé. Il lui a suffi de répondre « *Oui, j'ai modifié mon apparence, le look 68 a vécu, il faut vivre avec son temps* » !

Avant de prendre congé, les deux militaires me demandèrent si je souhaitais porter plainte. Nous vivions alors le second septennat étouffant d'un président infantilisant qui avait conduit sa campagne de réélection sous le slogan « Génération Mitterrand ». J'avais repoussé les formulaires.

— Je n'ai pas le sentiment que ce soit si grave que ça de se prendre pour un auteur de Série B dans un pays où le président se prend pour Dieu.

Devoir de réserve oblige, ils avaient fait semblant de ne pas entendre.

— Je vous conseille vivement de signer ces papiers. Il se peut que ce monsieur ait séduit quelques jeunes femmes, que l'une d'elles donne naissance à un enfant qui pourrait, dans quinze ou vingt ans, se réclamer de vous... Cette plainte vous sera alors d'un très grand secours.

J'obtempérai et refusai la demande de dommages et intérêts qui m'était proposée, puis j'ai appris, l'année suivante, que J.R. avait été condamné à trois ans de prison. Connaissant le nom de la ville où j'habite, il a fait parvenir en mairie, depuis la prison de Nantes, des lettres qu'un appariteur municipal venait m'apporter en mains propres. Je n'y ai jamais donné suite. Des années plus tard, le souvenir de cet épisode s'étant estompé, je reçus un coup de fil embarrassé des éditions Métailié. On s'excusait de m'avoir éconduit et l'on m'attendait au plus vite, le manuscrit que je leur destinais serait lu dans la semaine. J'étais passé, me disait-on, au moment du déjeuner, et la jeune stagiaire de permanence ne me connaissait pas, ce qui expliquait qu'elle m'avait conseillé de revenir dans l'après-midi... C'était mon double, bien entendu, qui cherchait à placer ce qu'il avait écrit dans l'ombre : j'avais su que la première phrase qu'il avait prononcée, en entrant dans sa cellule, était : « *Il me faudrait du papier et un stylo* » qui sonne toujours à l'égal du « *Garçon, de quoi écrire* » d'Aragon.

Sous ces allures de gag, cette imposture m'avait fortement affecté, et l'on verra plus loin pourquoi. Je décidais, pour l'exorciser, de savoir qui peuplait cette famille des « impostés » à laquelle j'appartenais. Les surprises furent nombreuses.

Le Quichotte en cachette

L'an 1547 voit naître en Espagne deux géants indépassables de la littérature mondiale, Miguel de Cervantes Saavedra et Mateo Aleman. Ce dernier fait paraître à la fin du XVIe siècle un roman, *Guzman de Alfarache*, considéré comme l'un des textes fondateurs de la littérature occidentale. Quelques années plus tard, la seconde partie est éditée sans que l'auteur ait eu besoin d'en écrire la moindre ligne ! Un laborieux escroc s'est chargé du travail. À l'époque, les écrivains ne jouissent d'aucune protection, et aucun recours n'existe contre les emprunts de personnages, de thèmes, d'histoires qui sont pourtant monnaie courante. Mateo Aleman feint l'indifférence et se remet à l'ouvrage. Il compose l'authentique seconde partie de son *Guzman*. Au détour d'un chapitre, la rage le prend. Il donne à l'un des protagonistes le nom de l'usurpateur et au moyen de sa plume l'assassine de la plus horrible manière.

Entre-temps, Miguel de Cervantes a écrit le premier volume du *Quichotte*, et les aventures du chevalier à la triste figure flanqué de son valet Sancho rencontrent un grand succès. Le roman se présente sous la forme d'un formidable jeu de miroirs, Cervantes allant jusqu'à inventer un narrateur, Cid Hamet Ben Engeli, dont il ne ferait que rapporter les propos. Quelque temps plus tard, un faussaire prend littéralement Cervantes au mot, au pied de la lettre... Il publie en 1614, à Tarragone, la suite du *Quichotte* signée d'un pseudonyme à rallonge : Le Licencié Alonso Fernandez de Avellaneda.

Miguel de Cervantes est alors âgé de soixante-sept ans, c'est un homme usé par les épreuves, les blessures au combat, un bras perdu à la guerre, l'exil, la prison, l'esclavage chez les Turcs. La supercherie lui redonne l'énergie du combat. Il se remet à sa table de travail et livre, quelques mois avant de mourir, les six cents pages de la véritable seconde partie du *Don Quichotte*. Dès le chapitre trois, le personnage principal se pose des questions sur sa propre identité : « *Il est donc véritable que l'on a composé mon histoire, et que l'auteur était maure et savant homme ?* » Dans les dernières pages, Cervantes innove en se résolvant à faire mourir son héros, « *afin que personne n'ose élever contre lui de nouveaux témoignages, puisque ceux du passé suffisent* ». L'écrivain meurt peu après son personnage, en 1616, tandis que l'on perd définitivement la trace de Mateo Aleman qui naquit la même année que lui.

La malédiction opérera de nouveau puisque c'est un « adaptateur-faussaire », Lesage, qui donnera en 1704 une traduction française du faux *Quichotte*, un Lesage qui n'avait pas craint, déjà, de signer de son nom un démarquage d'un autre immense texte de langue espagnole *Le Diable boiteux* de Guevara.

Bien plus tard, Jorge Luis Borges rendra un hommage amusé à Cervantes dans *Fictions* : la nouvelle intitulée *Pierre Ménard, auteur du Quichotte* met en scène un écrivain du début du XXe siècle qui s'oblige à apprendre l'espagnol du XVIIe, qui renoue avec la foi catholique, qui s'astreint à penser comme Cervantes et, ainsi, parvient à écrire mot pour mot le *Quichotte* sans même l'avoir lu !

Vraie mort du faux...

En mai 1963, les quotidiens corses annoncè-rent la mort d'Albert t'Serstevens, un écrivain français né à Bruxelles soixante-dix-sept ans plus tôt, grand voyageur, ami de Blaise Cendrars, et qui laissait à la postérité des dizaines de romans dont on retiendra *L'Or du Cristobal, Le Voyage sentimental* ou *Tahiti et sa couronne.* La presse nationale reprit l'information, et c'est ainsi que le vrai t'Serstevens eut le rare privilège de lire, lors de son déjeuner, ce que ses contemporains pensaient réellement de lui et de son œuvre. La supercherie éventée, Jean Prasteau, journaliste au *Figaro littéraire*, se rendit à Bastia sur la tombe squattée par l'imposteur et illustrée par la photo du vrai t'Serstevens dans laquelle tout le monde reconnaissait le faux ! Il rédigea un long article que publia son journal, le 15 juin 1963. En voici un extrait :

« *Il dédicaçait volontiers ses livres* L'Itinéraire espagnol *ou* Tahiti et sa couronne.

— *On était fasciné vraiment, aussi, par ce qu'il disait... Dans notre petite ville, un peu coupée du monde, comment aurions-nous pu le suspecter ? D'ailleurs, il avait réponse à tout.*

*L'œuvre de t'Serstevens continuait à paraître
à Paris ? Oui, on rééditait de vieilles choses. La
presse donnait-elle des articles de t'Serstevens ?
Encore des textes anciens publiés sans son autorisation. Un homme comme lui ne pouvait se
défendre contre de tels actes, n'est-ce pas ?*

*À la mort de Blaise Cendrars, il fut profon-
dément affecté. Ne perdait-il pas un compagnon
de toujours ? (...) Et puis il écrivait... Il noircissait
sans cesse du papier. Sa femme dactylographiait
les textes. On se les passait, on les lisait avec ravis-
sement. Un jour, c'était une page brillante et polé-
mique sur un homme d'État contemporain, le
lendemain une pièce de théâtre. »*

Jean Prasteau apprit que l'homme était arrivé
trois ans plus tôt, venant d'Italie où il avait
fait la connaissance d'une jeune femme appartenant à l'une des grandes familles bastiaises, et
qu'ils s'étaient mariés. Dès le départ il s'était
prétendu Albert t'Serstevens, ce que ses papiers
confirmaient, et il expliquait son « exil » par une
lourde fatigue, n'aspirant plus, après la fièvre de
la gloire, qu'au repos et à l'oubli. Les pages qu'il
composait la nuit et que son épouse donnait à
lire à l'entourage ne devaient la clarté de leur
style et la profondeur de leurs analyses qu'à ses
dons de copiste. Il s'était équipé, pour ce faire,

d'une bibliothèque qui suscitait l'admiration par son éclectisme.

On finit par percer à jour l'identité de l'usurpateur. Il s'appelait en fait René Hervé, avait vu le jour à Rennes en 1883, ville où son père exerçait le métier d'imprimeur, comme J.R. et l'auteur de ces lignes... Véritable héros de la Grande Guerre, ce dont témoignaient plusieurs médailles, il n'avait pas réussi à se réinsérer dans le monde civil et une série de petits délits le conduisirent, au sortir des tranchées, dans diverses prisons. Après une vingtaine d'années de petits boulots, d'escroqueries minables, de mise en pratique de toutes les facettes du système D, la défaite des armées françaises et la politique de collaboration permirent aux talents de René Hervé de s'épanouir. Il espionne, dénonce, torture, adhère à la Milice dès sa création. À la Libération, il se fabrique de fausses identités et parvient, grâce à quelques réseaux, à échapper aux recherches. Il est enfin arrêté en 1950, jugé à Rennes où il purge sa peine. Il sort, huit ans plus tard, se rend en Italie, tente de refaire sa vie jusqu'au jour qui le voit rencontrer cette charmante héritière corse. Mettant à profit une troublante ressemblance avec l'écrivain voyageur, il lui dit s'appeler t'Serstevens dont il a pris soin de lire quelques livres.

Après sa mort et la lumière faite sur sa véritable destinée, rapporte Jean Prasteau, ses voisins en parlaient encore comme si la réalité était celle qu'il avait inventée : « *Il ne répondait pas à l'idée qu'on se fait d'un grand écrivain, en ce sens qu'il n'était pas intimidant... Ma fille de huit ans l'approchait sans qu'il en soit agacé.* »

Le double du Troisième Homme

Graham Greene, l'auteur du *Troisième Homme*, détient très certainement le record du monde de « vie avec double », puisque l'on apprend, en lisant les dernières pages de son livre *Les Chemins de l'évasion* (Robert Laffont, 1983), qu'un faux Graham Greene s'est acharné à ruiner la réputation de l'écrivain pendant près de vingt années, et cela sur tous les continents. Graham Greene entendit parler pour la première fois de son ombre à Londres, en 1955. Le rédacteur en chef d'une revue de cinéma parisienne tenait à s'excuser de l'attitude de l'un de ses employés à l'égard du romancier. Il était question de rien de moins qu'une tentative de chantage. Des photos compromettantes circulaient sous le manteau, mettant en scène des femmes qui n'en portaient pas... Graham Greene ne prêta pas attention à ce qui lui était confié, oublia l'incident jusqu'à ce qu'il lise, quelques jours plus tard, un compte-rendu de sa visite au Festival de Cannes où il n'avait pas mis les pieds ! Une semaine après, on lui écrivit pour le féliciter de la qualité de son revers, au tennis, sport qu'il avait cessé de pratiquer quand il fêtait ses quinze ans. L'alerte la plus sérieuse fut sans conteste matérialisée par la manchette d'un quotidien de l'État d'Assam, en Inde, puisqu'il était titré : « *Graham Greene condamné à deux ans de prison* ».

L'écrivain forma le projet d'aller visiter son double dans son cachot, mais l'escroc profita d'une mise en liberté sous caution pour s'évaporer dans la nature. À un an de là, il était recherché par les polices de Calcutta, Bombay, Delhi, Poona, Meerut... En 1959, « l'Autre » tentait d'embaucher une secrétaire pour un voyage au long cours à travers les États-Unis. Graham Greene n'a jamais rencontré cet homme dont il a continué à suivre les aventures dans les journaux : « Graham Greene et sa femme au Galeon Club » en Jamaïque, « Mr. et Mrs. Graham Greene à l'aéroport de Cointrin » en Suisse... Au début des années soixante-dix, plus de quinze ans après la première alerte, le véritable Graham Greene fut reçu par le président du Chili, Salvador Allende, à Santiago. Le lendemain de l'entrevue, un journal d'extrême droite faisant flèche de tout bois affirma que le président Allende était tellement nul qu'il avait reçu l'imposteur !

Au moment exact où les gendarmes d'Ancenis se déplaçaient jusque chez moi, les policiers de la 1ʳᵉ division de police judiciaire appréhendaient, à Paris, le ci-devant Armand Sosthène de la Rochefoucault, âgé de quarante-cinq ans. On lui imputait des escroqueries commises sous vingt-deux fausses identités, dont celle de François d'Harcourt ou celle d'un ancien directeur du *Monde*, Jacques Fauvet. L'arrestation faisait suite à la plainte d'une banque où le suspect avait ouvert un compte au moyen d'un faux chèque de quatre-vingt mille dollars américains.

Une fois les gendarmes partis, je me remis à l'écriture d'un livre, *Le Facteur fatal*, qui constitue la biographie imaginaire d'un de mes personnages, l'inspecteur Cadin. Instruit de ce qui était arrivé à Don Quichotte, je tapai ces lignes pour clore le dernier chapitre :

« Cadin mit de l'ordre dans la pièce en pensant à cet homme serré dans le quartier de force de l'hôpital psychiatrique de Collin-sur-Seine et qui n'avait trouvé comme moyen d'en sortir, définitivement, que l'ingestion de trois ou quatre pleines poignées de la bourre dont on gonflait les matelas... Il grimpa sur la chaise, leva le bras pour atteindre l'étagère et chercha à l'aveugle en tapo-

tant de la main derrière la valise. Il saisit le linge graisseux et vint s'asseoir sur le bord du lit. Les pointes du mouchoir se déplièrent sur ses cuisses. Ses doigts se refermèrent sur la crosse du pistolet. Cadin fixa le cadran à affichage digital du radio-réveil. Les secondes rouges défilaient sur leur trame numérique. 52... 53... 54... À 55 il posa le canon contre sa tempe. À 56 son index droit entra en contact avec la détente. Il respira longuement, une dernière fois, et appuya, les yeux grands ouverts, au moment exact où les chiffres de 23 h 59 mn 59 s s'effaçaient pour être remplacés par une théorie de zéros.

Dehors, on se mettait à klaxonner, les fenêtres s'ouvraient sur les cris de joie, les baisers, les chants.

Le monde entrait dans les années quatre-vingt-dix. »

À quelques centaines de mètres de cette pièce où je mettais un point final au *Facteur fatal*, et où des hommes en uniforme étaient venus me dire dans quelles circonstances on avait emprunté mon nom, celui qui me l'a transmis, Fernand Daeninckx, vivait ses derniers instants.

Il voit Daeninckx partout

par Jean-Bernard Pouy

Déjà, pour contrefaire la signature de Didier Daenincx, et ne pas se gourer dans l'orthographe, faut avoir le moral. Et un sacré tempérament. J.R., l'homme qui — le temps de quelques petites exactions financières et de fausses signatures en librairie, rien de bien grave les gars, en ces temps de factures tous azimuts et de cliniques à vendre sur la Côte — s'est fait passer pour le maître du roman noir français a fait le bon choix. Il a élu ce qui se fait de mieux. Ce n'est pas Danninkcx (?) qui va le pourchasser hargneusement devant les tribunaux, ce n'est pas cet homme équilibré qui va lui faire payer une atteinte à l'image voire une schizo tardive avec internement volontaire en maison de repos (bien que Didier se soit demandé un instant si son double n'en avait pas profité pour draguer à sa place !).

Au contraire, gageons que Didier, un de ces quatre, va rendre une petite visite à ce « géant inachevé » au bloc, qu'il va l'aider à choisir la prochaine « tête » à singer, et, vu les goûts du romancier, Jean-Edern Hallier va avoir chaud à la Carte bleue. Ce n'est donc pas Daenincq (?) qui sera le bourreau de son double. Ce n'est pas Didier qui, de tout ce pataquès, fera une jaunisse (ce qui, en plus du noir du thème du nègre, fait très couverture de Série Noire).

Cela dit, pourquoi J.R. a-t-il choisi Daeaninqkx (?) ? Il aurait pu me choisir, moi, ça m'aurait fait un peu de pub gratuite du côté de Pornic ; il aurait pu choisir Marie et Joseph en prétextant qu'elle est restée à la maison garder les gosses... Il aurait pu prendre Pennac à qui il ressemble vaguement, alors que la bonne tête de cinquième mousquetaire (Polardos ?) de Didier, barbiche, cheveux longs, front solaire et lunettes fumées, est vraiment duraille à imiter. Non, c'est peut-être tout simplement parce qu'ils ont la même histoire sociale, ouvrier du livre tous les deux, chacun ayant ensuite pris des tangentes un peu différentes : l'un racontant des histoires noires, l'autre tentant de les vivre. La première impression doit être la bonne.

Peut-être a-t-il été attiré, quitte à prendre une seconde peau, par la haute conscience morale (et idéologique), celle qui file des boutons à beaucoup, de notre auteur (hauteur) ? Un comble pour un escroc. Mais tant qu'à revivre ailleurs, autant choisir, sinon son exact contraire, du moins quelqu'un de bien et s'acheter (sic) enfin une conduite.

Il faut dire aussi que le Danincqkx (?), J.R. l'a lu et étudié (apparemment à fond) en taule, ce qui prouve que les bibliothèques de prison ne sont pas des chiennes et qu'elles ont de la bonne littérature. Pourtant, ce n'est pas ce qu'écrit Didier qui doit défendre les taulards. Il a fallu un sacré courage à J.R. pour se farcir entre quatre murs les œuvres complètes de Didier, vu les joyeusetés que ce dernier a tendance à soulever. Du moins ça lui aura permis de constater que la vie dehors est toujours aussi noire, voire légèrement désespérée, et que les murs des prisons sont larges et pas si perméables que ça.

Bien que grand lecteur des livres du maître, J.R. s'est quand même gouré en essayant de gonfler l'œuvre tant aimée. Un titre comme *Le fœtus de Madame est avancé* sent plus son Fajardie qu'autre chose, grave erreur d'appréciation, et en place du *Fils d'Ariane*, Daenynckxz (?) aurait sûrement trouvé mieux, du genre : *Les Fils de Marianne* (en gros le genre de sujet à la *Le Der des ders*, ou bien *La mort n'oublie personne*). Il n'a pas bien sûr repéré Didier pour le fric qu'il pouvait gagner sur son dos. Dans ce cas, il aurait choisi Vautrin ou Sulitzer, voire, pour taper dans ce qu'on écrit de plus noir et de plus sombre, Alain Minc ou Jacques Attali. Non. Il a voulu passer pour quelqu'un de bien, c'est tout.

Cette histoire est importante ; d'abord les intellectuels sont encore en danger : non seulement ils peuvent devenir présidents de la République, mais leurs droits d'auteur sont à la merci du premier acteur raté venu. Et surtout, on s'aperçoit enfin qu'ils ne sont pas très difficiles à remplacer, tant au niveau de l'image qu'au niveau du discours. Si les lecteurs de Daenninx (?) qui ont conversé avec J.R. sont repartis contents, une dédicace sous le bras, c'est que le J.R. a donné le change et qu'il a parlé au moins aussi intelligemment que son modèle, tout en supputant qu'il ait pu dire n'importe quoi. Yves Montand devrait faire gaffe. Bernard-Henri Lévy aussi. Y aura bien un chevelu à la chemise blanche entrouverte qui racontera des conneries à sa place un jour du côté de Pontarlier.

Cette histoire dit aussi que la tête des gens n'est pas très importante, et que le lecteur n'y fait pas très attention. Un contre-usage d'« Apostrophes ». Un hymne à la radio. Le livre, c'est d'abord une parole, voire, dans le meilleur des cas, une voix. Et qu'on s'en fout de savoir à quoi ça ressemble, un auteur.

Didier sait très bien que les lubies subites de

n'importe quel malheureux peuvent le mener très loin. Quelqu'un qui veut entrer à la télé peut se retrouver en asile. Quelqu'un qui veut être écrivain à tout prix se retrouve en taule.

Tous ces gens qui écrivent et qui menacent les lecteurs des maisons d'édition de suicide s'ils ne sont pas publiés devraient réfléchir à l'aventure de J.R. Qu'ils prennent la place d'un auteur ayant déjà les faveurs de Galligrasseuil. C'est facile. On prend du bon temps. On est soigné aux petits oignons. On a sa photo dans le journal local. Les libraires vous tendent les bras et ressortent les stocks d'invendus. Il faut seulement savoir s'arrêter à temps, changer de peau, pas toujours la même, le vrai écrivain pourrait se lasser.

On peut ainsi vivre intelligemment, pleinement, sans faire réellement du mal. Si les escrocs sont intelligents et s'y prennent bien, ils peuvent même participer à la création de mythes vivants. Ils ne gagneront pas des mille et des cents, mais participeront à la toujours conquérante littérature française.

Les vrais auteurs auront beaucoup plus de temps pour peaufiner leurs écrits. J.R. s'est payé un peu de prestige. Puisque se faire passer pour Françoise Sagan est de l'ordre de la performance du cirque de Pékin, puisque à singer Philippe Sollers on risque de tomber pour dissolution morale, J.R. a donc, pour son vol du Sphinx, pour son vol de l'Aiglon (en réalité un vol de chéquier), choisi Didier.

Didier R. est en taule, J. Daeninckx est en liberté. Lequel des deux a les plus beaux souvenirs ?

(Publié dans *J'accuse* n° 2, avril 1990)

DU MÊME AUTEUR

Aux Éditions Gallimard

RACONTEUR D'HISTOIRES, *nouvelles* (Folio, *n° 4112*).

Dans la collection Série Noire

MEURTRES POUR MÉMOIRE, *n° 1945* (Folio Policier, n° 15). Grand Prix de la littérature policière 1984 – Prix Paul Vaillant-Couturier 1984.

LE GÉANT INACHEVÉ, *n° 1956* (Folio Policier, *n° 71*). Prix 813 du Roman noir 1983.

LE DER DES DERS, *n° 1986* (Folio Policier, *n° 59*).

MÉTROPOLICE, *n° 2009* (Folio, *n° 2971*, et Folio Policier, *n° 86*).

LE BOURREAU ET SON DOUBLE, *n° 2061* (Folio Policier, *n° 42*).

LUMIÈRE NOIRE, *n° 2109* (Folio Policier, *n° 65*).

12, RUE MECKERT, *n° 2621* (Folio Policier, *n° 299*).

JE TUE IL…, *n° 2694* (Folio Policier, *n° 403*).

Dans « Page Blanche » et « Frontières »

À LOUER SANS COMMISSION.

LA COULEUR DU NOIR.

Dans « La bibliothèque Gallimard »

MEURTRES POUR MÉMOIRE. Dossier pédagogique par Marianne Genzling, *n° 35*

Aux Éditions Denoël

LA MORT N'OUBLIE PERSONNE (Folio Policier, *n° 60*).

LE FACTEUR FATAL (Folio Policier, *n° 85*). Prix Populiste 1992.

ZAPPING (Folio, *n° 2558*). Prix Louis-Guilloux 1993.

EN MARGE (Folio, *n° 2765*).

UN CHÂTEAU EN BOHÊME (Folio Policier, *n° 84*).

MORT AU PREMIER TOUR (Folio Policier, *n° 34*).

PASSAGES D'ENFER (Folio, *n° 3350*).

Aux Éditions Manya

PLAY-BACK, prix Mystère de la Critique 1986 (Folio Policier, *n° 131*).

Aux Éditions Verdier

AUTRES LIEUX (Folio, *n° 4222*).

MAIN COURANTE (Folio, *n° 4222*).

LES FIGURANTS.

LE GOÛT DE LA VÉRITÉ.

CANNIBALE (Folio, *n° 3290*).

LA REPENTIE (Folio Policier, *n° 203*).

LE DERNIER GUÉRILLERO (Folio, *n° 4287*).

LA MORT EN DÉDICACE.

LE RETOUR D'ATAÏ (Folio, *n° 4329*).

CITÉS PERDUES.

Aux Éditions Julliard

HORS LIMITES (Folio, *n° 3205*).

Aux Éditions Baleine

NAZIS DANS LE MÉTRO (Librio, *n° 222*).
ÉTHIQUE EN TOC (Librio, *n° 526*).
LA ROUTE DU ROM (Folio Policier, *n° 375*).

Aux Éditions Hoebecke

À NOUS LA VIE ! *Photographies de Willy Ronis.*
BELLEVILLE-MÉNILMONTANT. *Photographies de Willy Ronis.*

Aux Éditions Parole d'Aube

ÉCRIRE EN CONTRE, *entretiens.*

Aux Éditions Éden

LES CORPS RÂLENT (Librio, *n° 704*).
LES SORCIERS DE LA BESSÈDE (Librio, *n° 704*).
CEINTURE ROUGE.

Aux Éditions Syros

LA FÊTE DES MÈRES.
LE CHAT DE TIGALI.

Aux Éditions Flammarion

LA PAPILLONNE DE TOUTES LES COULEURS.

Aux Éditions Rue du Monde

IL FAUT DÉSOBÉIR.
UN VIOLON DANS LA NUIT.
VIVA LA LIBERTÉ.
L'ENFANT DU ZOO.

Aux Éditions Casterman

LE DER DES DERS. *Dessins de Jacques Tardi.*

Aux Éditions L'Association

VARLOT SOLDAT. *Dessins de Jacques Tardi.*

Aux Éditions Bérénice

LA PAGE CORNÉE. *Dessins de Mako.*

Aux Éditions Hors Collection

HORS LIMITES. *Dessins d'Assaf Hanuka.*

Aux Éditions EP

CARTON JAUNE. *Dessins d'Assaf Hanuka.*
LE TRAIN DES OUBLIÉS. *Dessins de Mako.*
L'ORIGINE DU NOUVEAU MONDE. *Dessins de Mako.*
TEXAS ROMANCE. *Dessins de Mako.*

Aux Éditions Liber Niger

CORVÉE DE BOIS. *Dessins de Tignous.*

Aux Éditions Terre de Brume

LE CRIME DE SAINTE-ADRESSE. *Photos de Cyrille Derouineau.*

Aux Éditions Nuit Myrtide

AIR CONDITIONNÉ. *Dessins de Mako.*

Composition IGS
Impression Novoprint à Barcelone,
le 23 janvier 2006
Dépôt légal: février 2006

ISBN 2-07-032106-1./Imprimé en Espagne.

16087